最後の「愛してる」

山下弘子、
5年間の愛の軌跡

Tomoki Maeda
前田朋己

幻冬舎

最後の「愛してる」 目次

第四章　入院、永遠の別れ——色とりどりの花に囲まれて　141

2018年4月末日

「よかったらその旅、俺も付き合うよ」
最愛の妻・ひろを3月に亡くし、決心のついた僕が旅の目的を告げると、大学時代からの親友・博司《ひろし》はそういった。僕はその言葉をありがたく受け止め、博司と一緒にメキシコへと飛び立った。

メキシコの南東部にある観光都市・カンクン。カリブ海に面するビーチ沿いの道を歩く。見上げると抜けるような青空に、高く昇った太陽がさんさんと輝いている。陽の光を照り返す白い砂浜がまぶしくて堪《たま》らず目を細めると、打ちつけては崩れゆく波の音が、ひときわ大きく聞こえた。

「あれ、海外らしいな～」
博司が指差す先には、砂浜の上に置かれた木製のデッキチェアに、30人ばかりの人たちが座っていた。白いカーテンをつけただけの簡易な東屋《あずまや》の前では、タキシードでかっこよく決めたラテン系の男性と、ウェディングドレスに身を包む幸せそうな女性が向かい合っている。地元の人々による、小さなビーチウェディングのようだ。

喜びにあふれた賛美歌が参列者によって歌われる。新郎新婦の友人なのだろう、ラフな装いの司祭の前で指輪の交換が行われた。そしてふたりが誓いのキスをすると、参列者たちからたちまち、祝福の拍手が湧き起こる。

「去年のお前の結婚式を思い出すな……」

博司が僕の心のうちを代弁するかのように、小さくつぶやいた。


僕とひろが結婚式を挙げたのは、２０１７年の６月。１年前の今頃は、結婚式の最終準備に慌ただしく取りかかっていたと思う。

「来てくれる人をどうしたら最大限もてなせるか」

その一心で、僕とひろは結婚式のひとつひとつを決めていった。式で出す料理は何がいいか、ゲストにつけてもらうコサージュをどうしたらきれいに作れるか……。隣にいる笑顔でいっぱいのひろを見ながらの幸せな時間。どれもみんな、まるで昨日のことのようだ。

このメキシコにも、僕とひろは３年前に訪れていた。ふたりでダイビングしたときに色とりどりのサンゴや熱帯魚たち、カリビアンブルーに蒼く光る海の美しさに感動していたひろの姿をありありと思い出せる。

しかし、どんなにひろを思い出せようとも、彼女が僕の隣に戻ることは決してない。世界中から祝福を受けたような笑みを見せる幸せな夫婦を目の前にして、僕は二度と会えないひろのことを思っていた。


その日、先に日本に帰る博司を見送り、僕はひとり、今回の旅の目的を果たすために、港町のプラヤデルカルメンに向かった。

待ち合わせ場所に着くと、すでに到着していた人々はダイビングスーツに着替えている。僕も急いで着替えると、手のひらに乗るほどの小さな陶器の瓶と、前の晩に花売りの少年から買ったバラ一輪をカバンに入れ、小型のボートへと乗り込んだ。

沖合に向かって十数分。ずっしりと重たいタンクを背負い、3年ぶりにメキシコの海に飛び込んだ。

海中の透明度は以前と変わらず、15メートル以上先の海底までくっきり見える。ゆっくりと沈みゆく僕の前を、色鮮やかな魚たちが横切っていく。

波に漂っていると、ひろと一緒に海の中、両手両足を広げて写真を撮ったこと、手をつないで泳いだことなど、3年前の記憶が再びよみがえってくる。

ダイビングの時間はまだ充分にあったが、僕は意を決して船へと上がる。そして、カバンから先ほどの瓶を取り出し、日本人のインストラクターに告げた。
「今から、散骨します」

右の手のひらに小さな骨壺を乗せ、遠くの地平線に向けて掲げてみる。そっと蓋を開けると、真っ白い砂となったひろが姿を現す。そのとき、海の上を走る潮風が背中を心地よくなでた。それに後押しされるように、骨壺をゆっくりと水面へ傾けていく。

さらさらさら、と砂時計の砂のように、それは風に乗って海面へと舞い落ちていった。僕はカバンからバラを取り出し、白い砂が海水と溶け合う前に投げ入れた。

太陽に照らされて青と銀のモザイクを描く海面に浮かぶ、白い砂と赤いバラ。僕はそれを見つめながら波の音に耳を傾ける。透きとおるその音は、最後に聞いたひろの声を思い起こさせた。

僕とひろは、彼女ががんを患っていることだけが人と違うだけで、どこにでもいる仲の良いカップルだった。僕らは一緒にいればいるほど一心同体となって、気づけば彼女は僕の、僕は彼女の〝半身〟になっていた。
しかし、それだけ寄り添っていたのに、彼女を失って以来、さまざまな後悔が襲ってくる。

もっともっと、素直になればよかった。
もっともっと、ほめればよかった。
もっともっと、やさしくすればよかった。
もっともっと、付き添えばよかった。
もっともっと、抱きしめればよかった。
もっともっと、愛してるといえばよかった。
もっともっと、一緒にいたかった。

僕にとってひろは、最愛の妻であり、最高の友でもあり、もっとも尊敬する存在でもあった。彼女が僕に与えてくれたかけがえのない言葉や思い出は、数えきれないほどある。それはきっとこの先も僕を励まし、前へと進ませてくれるに違いない。

だけど、僕自身は彼女に対し、彼女が僕にくれたものを、ちゃんと同じように返せていただろうか……。

そのひとつひとつを、あらためて天国にいるひろへ問いたいと思う。そして、山下弘子という、強くてやさしい女性の生き方を、多くの人へ届けられたらとも思う。

もしかしたら、ここに綴る僕らの5年間の軌跡は、みんなが期待するような物語じゃないかもしれない。

だけど、これだけはいわせてほしい。

僕はひろと出会えて、この5年間を一緒に過ごせて、本当に幸せだったんだ。

第一章 出会い、交際

「余命半年」といわれた彼女に恋して

僕らの〝はじめまして〟は……

２０１３年６月６日。
大阪は梅田駅の改札を抜けた僕は、雑踏をかき分けて足早に歩いていた。向かうのは、ドン・キホーテ梅田本店前。時計の針は19時１分を指している。待ち合わせは19時だった。

「私は目印に
ロフトの黄色い紙袋を
持ってますね」

その30分ほど前、ジャケットの内ポケットにしまっていたスマートフォンが震えた。伊丹空港から梅田駅まで電車で向かう途中だった僕は急いでスマホを取り出し、メッセージを確認する。すぐに「僕は身長１８８センチだから、見ればわかると思う」と打ち返した。

「ヤバい。遅刻や」

小走りで阪急のビルを抜けると、左にHEP FIVEの赤い観覧車が見えた。その向かいにあるドンキに着いたのは、19時5分。

普段、ここは人通りが多い場所なのだが、そのときはなぜか誰もいなかった。たったひとりの女性を除いては。

赤と黄色のネオンサインが、まるでピンスポットのようにその女性を照らしている。ライトブルーのワンピースを着こなす彼女は、小さな黄色い紙袋の取っ手を両手でぎゅっとつかんでいた。

間違いない。

彼女が待っていたことに安堵し、僕はなるべく爽やかに挨拶をした。

「はじめまして!」

これが、僕、前田朋己《まえだともき》と、のちの妻となる山下弘子《やましたひろこ》との〝リアル〟な出会いである。

◇　◇　◇

その数日前。僕は自宅で仕事を終えたあと、いつものアプリを立ち上げた。すると、アプリのメッセージボックスにメールが1通来ているのを確認した。

「こんにちは。
メッセージありがとうございます」

当時僕は33歳で、職業は兵庫県議会議員。一方、相手は当時20歳、大阪在住の大学生だったひろである。30代の政治家と、ひと回り以上年下の女子大生。まったく接点がないこのふたりが出会ったのは、実はマッチングアプリを通してだった。

なんて不真面目な男だと思う方もいるかもしれない。だけど僕は、20代の頃から、一般的な出会い方では男女の出会いの機会は少なすぎると思っていた。普通に暮らしていれば、出会いは地域や職場、友達の紹介程度に限定されてしまう。それでは、運命の人には会えないと、本気で思っていた。だからこそ、「おっ!」と思うような女性がいれば、すぐさま声をかけてみる。

しかし、いわゆるナンパは時間も労力もかかりすぎるし、女性の抱くネガティブなイメージも強い。だからこそ、時間もコストもかけずに、それでいて多様な出会いができる場を求めていたときに登場したのが、マッチングアプリである。まさに僕にうってつけの存在。飛びつかないわけはない。そのような経緯で、僕はひろと巡り会う数年前から、出会いの場のひとつとして、アプリを使うようになっていた。

ある日、電車での移動時間中にアプリを見ていたら、プロフィール欄に乗馬中の笑顔の写真を載せている女性に目が止まった。栗毛色の馬にまたがる、体の線の細いその女性は、目鼻立ちがはっきりしていて、かわいいというよりも凛々しいといった印象を受けた。

「いい顔で笑う女の子だなぁ」

気になった僕は、試しにいつものメッセージを送ってみた。とはいっても〝コピペ〟の文章である。

「こんにちは。トモです。自称、癒し系のアラサーです。
プロフィール見て、
気が合いそうなのでメッセージしました。
よかったら返事ください」

事情を知らない人に説明すると、ネット経由の出会いも現実社会と同様に、圧倒的に女性優位の世界だ。

年齢、年収、そして容姿など、さまざまな条件で、しかも数秒でジャッジされてしまう。だから、女性から返信が来る確率は1割以下。10通送っても、1通返事が来ればいいほうである。もちろん、そこから会話を重ねて現実に会うともなると、さらに絞られていくシビアな世界なのだ。

しかし、僕は本当に運が良かったというしかない。その凛々しい顔をした女性から、返事が来たのだから。

もちろんそのときは、その相手が未来の花嫁になるなんて、まったく想像もしなかったけど。

初デートのふたりの距離

僕はプライベートでも仕事でも、スピード感を大事にしている。せっかくメールを返してくれた彼女にすぐに会ってみたかったたし、相性が合うかも確かめたかった。

早速食事のセッティングを急いでみる。が、相手は慎重な様子。「食事に行こう」と誘うも、「まだ早い」とそっけない返事が来るだけ。それでも「メールでやりとりしていたって、お互いわからないでしょ？　実際に会って相性を確かめたほうがはっきりするよ」とグイグイ押していたら、何回かのやりとりのあと、「6日ならいいですよ」と返事が来たのだった。その日は東京出張だが日帰りだ。善は急げ。「OK！じゃあ、19時梅田でいいかな？」

そして冒頭のように、僕は彼女と梅田のドンキ前で待ち合わせすることになる。

「はじめまして！　待たせちゃってごめんね！」

「いいえ、さっき来たばかりなので。はじめまして。弘子と申します」

丁寧な言葉遣いで、彼女はそのまま本名を名乗った。一応笑顔ではあるが、愛想笑いだ。少し緊張しているように見える。

僕は彼女を連れて、予約していたダイニングバーへと向かった。駅から5分ほど歩いたところにあるその店は、商店街に面したビルの3階にあった。

平日だったからか、客はまばらにしか入っていない。店員に導かれて、窓際の横並びで座るカップルシートに通される。

「奥にどうぞ」

そう勧めると、彼女は僕からグッと距離をとり、席のいちばん端へと腰を下ろした。

「そんなに遠くに座らなくたっていいじゃない」

思わず苦笑してそういうと、彼女は真面目にこう返す。

「私、アプリで会ったこととかなくて。緊張しているんです」

「そうなんだ。でも、ネットを使って会うのも、リアルで会うのと変わんないよ」

「そうですか？　でも、友達の紹介とかで会ったほうが、やっぱ安心できません？」

警戒心むき出しの彼女。これは心と席の距離、どちらも縮めなければならない。僕は、こういうときのためのとっておきのセリフを使った。

「あのさ、『六次の隔たり』って知っている？　知り合いの知り合いを6回たどれば、全世界の誰にでもつながるって話。つまり、気づいてないだけで、知らない人でも、知り合いの知り合いなんだから、僕らの出会いも全然不自然じゃないわけ」

うまく説得できただろうか。彼女の顔を覗き込むと、

「なるほど。毎回そうやって、女性を口説いているんですね」

と、呆れ顔&厳しいツッコミ。

大体の女の子はこれで納得してくれるのに、なかなか手ごわい。

しかし、気を取り直して話を進めていくうちに、彼女が僕の出身校である立命館大学に通っているとわかった。

共通点を見つけた僕は、彼女の歳くらいのときに行った海外旅行の話をする。

「僕は大学1年目の夏休みにね。飛行機の行きのチケットだけ取って、1ヵ月間タイに滞在したの。それがはじめての海外旅行」

「へ〜。面白そう！」

彼女の僕を見る目が、今日はじめて変わる。気をよくした僕は、中学時代にお笑い芸人がヒッチハイクをして世界を回るテレビ番組を見て、それに影響されての行動だったことも伝えた。

「その番組、見たことある！」

リラックスしてくれたのか、言葉が砕けてきた。

僕は、このときは首都のバンコクにしか滞在しなかったこと、ホテルの部屋に幽霊

が出たこと、後半はやることがなくて暇を持て余したことなどを話した。

しだいに彼女は、「へぇ！」「楽しそう！」「面白そう！」といい反応を見せてくる。

「それからいろんな国へ行って、もう30ヵ国くらい巡ったな」

「すごーい！　ちなみにこれまで行った中で、どこの国がよかったですか？」

「ダイビングが好きだから、タイのプーケットやオーストラリアのケアンズ。あそこはよかったよ」

「私もダイビング、やってみたい！　でも、泳げないんですよねー」

「ダイビングは泳げなくてもできるから大丈夫。バタ足ができればいいから。バタ足くらいならできるでしょ（笑）。ボンベがあるから、溺れる心配もないしね。そうだ！今度一緒に行こうよ！」

「やってみようかな。でも、朋己さんと行くかは別ですけど」

相変わらずつれない彼女だったが、僕もへこむことなくたたみかける。

「旅行好きなら趣味も一緒だね」

「確かにね。でも、それだけじゃ、相性がいいかわかりませんよね」

話は盛り上がっているはずなのに、クールな反応。しかし、僕は、彼女の切り返しのよさをとても心地よく感じていた。

ふと見ると、はじめは離れて座っていた彼女との距離が、いつの間にか少し縮まっていることに気づく。お酒もまわり調子に乗った僕は、すーっと彼女の腰に手を回してみる。しかし、あっさり払い退けられてしまった。

さすがにやりすぎたかと反省していると、しばらく気まずい沈黙が続いた。すると、彼女のほうから口を開く。

その言葉は、思いもよらないものだった。

お互いにカミングアウト

「実はね。私、シュヨウが見つかったの。先月に手術をして、今は大学を休学中。休暇を楽しんでいる最中なんだ」

感情をなるべく押し出さないように気をつけた、淡々とした話し方だったと思う。

僕は一瞬、何をいっているのかがわからなかった。頭の中で「シュヨウ」という聞きなれない言葉が何度もリフレインされるうちに、それは「腫瘍」、つまり、がんを指していることをようやく理解しはじめる。

「でもね。手術は成功したの。大丈夫なんだよ」

こちらが反応するよりも先に、言葉を続ける彼女。

声は先ほどより明るいが、表情はこちらの反応をうかがうような感じだった。

それを見た僕から出たのは、こんな言葉だった。

「……まぁ成功しているんだったら、よかったじゃん」

下を向いていた彼女の瞳が、訝しげに僕を捉える。

「いや、俺の母親もさ、俺が中3のときに子宮がんを患って、子宮の全摘出をしているのよ。でも、手術は成功して、今でもぴんぴんしているし」

「……そうなんだ」

「まあ、あんまり気にしなくていいんじゃない？」

そういわれた彼女は、何度かまばたきをした。自分のした大きなカミングアウトに対し、あっけらかんと接してくることに、どこか戸惑っているようだ。

しかし、僕にしてみればそれは、母親のかつての経験や医療技術の進歩に対する認識から「がん＝死」ではなく、運悪く交通事故に遭ってしまったが今は元気、くらいの印象だった。

そしてこの日、僕は彼女に応えるように、普段プライベートでは決していわない、ある秘密を明かした。

「弘子ちゃんが秘密を打ち明けてくれたから、こちらもカミングアウトするね。実は俺、県議会議員なんだ」

カバンにしまい込んでいた名刺ケースを取り出し、そこから1枚の名刺を渡す。

「はあ？　嘘でしょう？」

驚く彼女にスマホを使って、今度は自分の顔が映っているホームページを見せる。ちなみに僕は普段、基本的に職業はいわないようにしている。政治と宗教の話は仕事でもプライベートでも、マナーとしてタブーとされているからだ。

「あっ、本当だ。でも、これも口説くために作ったんじゃないの？」

「ひどいな（笑）。さすがに女の子を口説くのにここまで手間かけないよ」

どこまでも僕を疑う姿勢に思わず苦笑する。

「そうだよねぇ。少しは信じてみようかな」

ようやく表情のこわばりが消え、柔らかな笑顔を浮かべる彼女。それを見て、この告白が間違ってなかったと、僕は安堵した。

時間となり、僕は伝票を持ち、レジへと向かう。こちらは33歳の社会人で、彼女は

20歳の大学生。年齢的にも立場的にも、当然おごるシチュエーションと考えていた。しかし、彼女は頑なに「私も払うから」と割り勘を主張する。

「俺が払うから」

「いや、私も払う」

「いや、俺社会人だし」

「それは関係ない」

こんなやりとりを繰り返したあと、結局彼女に負ける形で、きっちり割り勘にした。出会いの場では、男性におごられる前提の女性も多い。それだけに、こういった毅然とした態度にも好感を抱いた。ちなみに僕らは、この後のデートや旅行でも、基本的に割り勘の関係だった。

デートを終えた帰り道、僕はすぐにまた、彼女に会いたいと思った。会話のテンポ、ツッコミ、そして表情の豊かさ。すべてが良かった。こちらが格好をつけず自然体でいられることも、今までにない感覚だった。まして、ひと回り以上も年下なのに、堂々としていて、年齢の差を感じさせない。まだ20歳だというのに人としての器の大きさも感じられた。

僕は彼女ががんであることなどすっかり忘れ、帰りの電車に乗り込むと、はやる気持ちでＬＩＮＥを打った。

「今日はありがとね。
次はいつ会えるかな？」

「うーん……
日曜日なら空いてるかも。
どこ行くんですか？」

「三田《さんだ》のアウトレット
とかどーよ？」

「行ったことないかも。
じゃあ、私が車で迎えに行こうか？」

「それ助かる！　俺、仕事柄
運転しないほうがいいの。
ペーパードライバーだし」

「まあ、私も免許取立てで練習中なんだけどね」

「なんか偉そう」

「なんやそれ笑
でも、ええ練習になるな。お迎えよろしく！」

「ごめんごめん。よろしくお願いいたします」

そうして、2回目のデートは、その3日後の6月9日、アウトレットへのドライブデートに決まった。

自由を奪いとるがん

普通、まだ知り合って日が浅いときの食事以外のデートといえば、映画になるのだろうか。隣にいる時間は長いし、暗闇は人間関係を縮める。そのあとの会話のネタにも困らないからだ。

しかし、僕らの2回目のデートは神戸三田プレミアム・アウトレット。よくよく考えたら前の月に手術をして養生中であったひろに、歩きまくる買い物デートの提案をしたのは〝KY〟である。しかも、LINEのやりとりの通り、運転は免許を取立てのひろにお任せだった。


彼女の家から、兵庫県神戸市にある僕の家まで車を走らせてもらう。ピックアップされ、そこからアウトレットへと向かった。

運転に慣れないひろは、六甲山を登る細い山道に四苦八苦。途中、来た道をUターンしようとして事故寸前となるハプニングもあった。

「もうやだぁ。なんでこんなに道が細いの！　クネクネしてるし」

「まあ山道だからね。しゃーないしゃーない。ゆっくり行けば大丈夫！」

1回目のデートの後に毎日のようにラインを送っていた僕。それに彼女も応えてくれていたので、このときにはもう、僕らは昔からの友達のように砕けた話し方になっていた。

「ゆっくり走ると、片道一車線で迷惑にならないかな？」

「事故起こすよりはマシでしょ。あせらないあせらない！」

バックミラーをちらっと見ると、僕らの後ろには車が数珠つなぎに列をなしていた。

日曜日のアウトレットは、家族連れやカップル、学生などでごった返している。人混みを縫いながら、彼女は僕を置いてずんずんと先に進み、「これ、かわいい！」「欲しいけど高いなぁ」などといいながら、ウィンドウショッピングを楽しむ。僕は後ろからついて行くのがやっとだった。

「ねえ、そろそろ休憩しない？」

気がついたらもう3時間が経過していた。歩きっぱなしのデートに先に音を上げたのは僕だった。

「ダメ！　1回休憩を入れると私、動けなくなるから」

「でも、疲れたよ……。休憩したい」

そう頼み込んで、ようやくカフェに入ることになった。

このとき何より驚いたのは、ひろの旺盛な食欲だった。

ハンバーグセットに加えて、サイドメニューに頼んだ大盛りのフライドポテト、さらにシーザーサラダと、次々と口に運んでいく。１回目のデートではあまり食べていなかったのだが、あれは猫をかぶっていたのだろうか……。見ているだけでお腹いっぱいになってくる。

「ずいぶんと食べるんだね」

思わず口をついていた。

「びっくりした？　家だとね、お母さんが素材の味を活かしたうっす〜い野菜料理とか、謎のきのこ料理しか食べさせてくれないんだよね。だから外食だとついたくさん食べちゃうの」

そういいながら、「トモはそんな大きい体をしているのにあまり食べないんだね」といって、僕の皿からサンドイッチをひと切れ取っていく。聞くと、母親がひろの体を気遣い、家族とは別に料理を作ってくれるらしい。しかし、その想いは嬉しい反面、好きなものを食べられないストレスを生む。そこで、外食のときにはバランスを取って、ある程度好きなものを食べるようにしているとのこと。医師からも、それで構わないといわれているそうだ。

僕が体を心配しているように見えたのだろうか。食欲が落ち着くと、ひろは自らのがんについて、淡々と話しはじめた。

8ヵ月前の2012年10月。浪人して入った立命館大学で1年目の後期を迎えたばかりの頃、肝臓に2キログラムにもなる巨大ながんが見つかり、余命半年の宣告を受けたこと。奇跡的に転移がなく、位置的に切除できることが判明し、手術を受けて成功したこと。

ところがこの4月、がんの肺への転移と、肝臓がんの再発が明らかになり、再び大学に休学届けを出し、5月初旬に手術をしたこと。5月末から、抗がん剤治療を開始していたこと。

そして、家と病院の往復が嫌になり、アプリに登録してみたこと。

話を聞いて、僕が彼女と出会ったときは、まさに抗がん剤治療を開始した時期だったことを知る。僕は、出歩いても大丈夫なのか、など聞きたいことはいろいろあった。しかし、1回目のデートのとき、彼女がカミングアウトしたときの様子を見て、なんとなく病気を意識せずに普通に接するほうがいいのではと思ったので、その言葉を飲み込んだ。

僕が黙っていると、彼女は「はい！　暗い話はここでおしまい！　まだ見たいお店がいっぱいあるんだよね」といって、会計に立ち上がる。すぐに追って、僕らは割り勘で会計を済ませた。

この日の帰り道は道が混んでいて、ノロノロと車を走らせることになった。僕は助手席で、地平線に沈みはじめている夕日を分厚い雲越しに探していた。

するとハンドルを握るひろが、おもむろに口を開いた。

「この前トモに会った日さ。私がんのこと告白したじゃない？」

いきなり何をいい出すのかと思ったが、「あぁ、いったね」とだけ僕は返した。

「あれさ、実はがんであることを話したら、私から離れてくれると思ったからなんだ」

思わぬ告白に、僕はシートに沈んでいた腰を持ち上げて、姿勢を正す。

「どういうこと？」

ひろは笑って「その髪」と答えはじめた。

「ハードワックスで逆立ててさ。もうチャラい男にしか見えなかったよ（笑）」

「いや、これは気合いを入れているんだって！」

「そんな気合い要らないから（笑）。それに、ちゃっかりカップルシートを用意しているし、しかも途中で腰に手を回そうとするし、もうチャラすぎ！」

僕に対する第一印象は最悪だったうえに、魂胆も完全に見破られていたのだ。

「だから、ウザッ！　と思って、いったんだよね」

「……マジか？　俺フラれる寸前だったたってこと？」

「まぁ、そうかも」

急に不安になったが、それは次の言葉ですぐにかき消された。

「でもね。そのあと、トモは私に普通に接してくれたよね。私ががんであることを意識しないで接してくれた。あれ、すごく嬉しかったの。今までそういう人いなかったから」

僕はやっぱりという思いで、黙って聞いていた。

「あ！　やっと渋滞抜けた！」

アクセルを強く踏み、スピードを上げるひろ。雲間から夕日のやさしい光が差し込み、遠くのビルを赤く染めていた。

2回目のデートのあとに、ひろは日記に「一緒にいて、気を遣わなくてもいい。何も話さなくとも別に気にならない」「トモさんとともに歩いて行きたいけど、トモさんの将来に良くないよ……ね……やっぱ、私たちに未来はないのかな？」と綴っている。

このことを知ったのはひろが亡くなってからだが、すでに僕との将来のことを意識してくれていたのは嬉しかった。

しかし、当時のひろが恋人との結婚という未来を考えるのには、大きな障害があった。それも、自分の力ではどうしようもない要因で。がんは彼女から体の自由だけでなく、恋愛する自由も奪おうとしていた。

その胸のうちを想像すると、切ない。

人生初の1ヵ月記念日

アウトレットデートの翌週と、その翌々週の日曜日にもデートを重ねた僕ら。どちらからも交際をはじめる言葉を交わすこともなかったが、気づけば付き合っているも同然だった。

僕がこれまでお付き合いした人は、どちらかといえば三歩下がってついてきてくれる控えめなタイプが多かった。お付き合いをしていても、僕から連絡するのは大体次の予定を決めるときで、仕事の忙しさもあり、会う頻度も月に1回会えたらいいと割り切っていた。

ところがひろとの恋愛は、僕がそれまでしてきた付き合いとは、まったく違っていた。

「元気？」

「何している？」

「今日はこんなことがあったよ」

こんなふうに、用事がなくても、ひろには毎日のように自分から電話をしたし、夜のひとときでいいから、無理してでも会いに行った。そして、会えば会うほどフィーリングがピッタリ合っていった。何もしなくとも、一緒にいるだけでただただ楽しかった。ただただ幸せを感じた。

自分でも驚くけれど、もうひとつこんな変化も起きた。

それまでの僕はおよそ記念日の類を気にする男ではなかったが、ひろと出会ってはじめて、1ヵ月記念日を意識したのだ。

その日は朝7時から仕事をしていて猛烈に眠かった。夜はひろと一緒にソファに寝転がってテレビを見ていたが、僕の瞼は今にも閉じそうだった。見兼ねたひろに何度も「寝たら？」と勧められるも、「寝ない」と言い続けて頑張って起き続けるくらい、ひろと出会って1ヵ月目の7月6日の午前0時を2人で迎えたかったのだ。

やっと0時になったとき、ひろから「1ヵ月経ったね」と祝いの言葉を聞き、ようやく幸せの中で眠りに落ちたのを、僕は今でも覚えている。

とにかく、付き合って1ヵ月記念日を意識してしまうほど、僕は彼女にぞっこんだった。

母が出した答え

ちょうどその頃、以前から「ハワイに行ってみたい」と希望していた両親への親孝行を兼ねて、家族で行くハワイ旅行を計画していた。

その日、僕の家に遊びに来ていたひろに、僕はこう声をかけた。

「今度、両親を連れてハワイに行くんだけど、ついてくる？」

「んー。そりゃ興味はあるけど、親子水入らずのほうがいいんじゃない？」

彼女は気を遣ったが、僕のほうが両親にひろを会わせたかった。

「いいよいいよ！　気にしなくて。それに1週間ひろと会えなくなるのも寂しいし」

そういうとひろは「ふふふ」と笑ってみせた。

「ホテルはすでにとってあるから、航空券だけで大丈夫だよ」

それもまた魅力的なオファーだったようで、「じゃあ、行く！　ハワイははじめてだなあ。楽しみだね」と乗ってくれたのだ。


僕は、恋人になったひろを、さほど深く考えずに両親とのハワイ旅行に誘ってしまった。だけど、よく考えてみたら、恋人の両親との初顔合わせがいきなり海外旅行とは、なかなかハードルが高い。長時間一緒に過ごすのだ。話は合うか、粗相しないかとか、躊躇《ちゅうちょ》しても、断られてもおかしくないシチュエーションだった。

しかし、ひろは違った。行くと決めると、

「ハワイで何食べようかなあ〜。あっ！　パンケーキ食べたいなあ。それに、アウトレットも行ってみたい」

と、ソファベッドで横になりながら、雑誌をめくっている。そうやって細かいことを気にしない彼女の性格が、僕はとても好きだった。

ひろが快諾してくれたことで、僕は大きな課題に取り組むことになる。

それは、両親にひろという恋人の存在を打ち明けること。

僕はこれまでお付き合いした女性を両親に紹介したのは、たった1人。それも1年以上交際して、「そろそろ……」という流れからだった。それが、今回は付き合って1ヵ月ちょいの、20歳の女の子である。しかも、がんのこともある。


意を決して、母の携帯に電話をかけることにした。めったに緊張しないが、このときばかりはさすがに少し汗をかいていた。

呼び出しコールを待たずしてすぐに電話に出た母に、僕は開口一番、こう告げる。

「あの、今度行くハワイやけど、ちょっと1人、付き合っている女の子を追加してええか？」

電話越しの母は、少し間を置いてから、「えっ？　なんやて？　どんな子？」と聞いてきた。ちなみに「なんやて？」は母の口癖で、決して怒っているわけではない。

僕は、ひろが20歳であること、そしてがんを患っていて治療をしている最中であることも、思い切って告げた。

「なんやて？　がん？……あんた、大丈夫なん？」
2、3拍間を空けて、母がいう。いくら自分もがん経験者とはいえ、まさか息子の彼女ががんを患っているとは思いもしなかっただろう。驚いた様子だった。
僕はそれを受けて、力を込めていった。

「うん、大丈夫やから。でもひとつ、注意してほしくて。彼女ががんであるということを意識させないであげてほしい。特別扱いもしてほしくないし、態度で出さんでおいてな」

この段階で「お前に責任が取れるのか？」と、ハワイ旅行はおろか、交際にまで反対されてもおかしくなかった。

しかし、母の反応は違った。

「あんたがその人と決めているなら、ええんやない。ハワイにも連れて来ればええやないの」

やさしい響きだった。

僕は安心して、「ありがとう」といって電話を切った。

幸せのハワイ旅行

7月25日。関西国際空港は夏休みの旅行客やビジネス客でごった返していた。

僕らの集合場所はチェックインカウンター前。約束の時間よりも少し前に、僕は両親と一緒に集合場所に着いた。

「トモー！」

すると数分遅れて、ひろが笑顔で歩み寄ってくる。傍《かたわら》にはひろのお母さんが付き添っていた。

「弘子です。よろしくお願いします」

「まあ、あなたがひろちゃん？　朋己の母です。よろしくね」

父も母に続いて「よろしくお願いします」と挨拶する。

「ご迷惑おかけしますが、よろしくお願いいたします」

僕の両親にひろのお母さんが挨拶をすると、「いえ、こちらこそ。ひろちゃんとの旅行、とても楽しみです」と母が答えた。

付き合ってわずか50日目にして行われた空港での両家の顔合わせもうまくいき、僕ら4人は、ひろのお母さんに見送られながらハワイへと旅立った。

ハワイに着いた翌日。時差ボケ解消のためにも、僕らは早起きして朝食を取ることにした。ねぼけまなこで着替える僕は、スーツケースのいちばん上にあった服を何も考えずに着た。ひろは色々と悩んでいるようで、僕は先に歯を磨きに行く。

洗面所から戻ってくると、ひろは青と緑のボーダーのワンピースに着替え終わっていた。すると、「あっ!」といいながら、笑って僕のことを指差してくる。

「どうしたの?」

「トモとかぶってる!」

自分の服を見てみると、紺と白のボーダーの短パンを穿いていた。まさかのペアボーダーだ。

「父さんと母さんの前で、ちょっと恥ずかしいかなあ?」

「ラブラブっぽくていいじゃん!」

確かに、恋人同士だし気にすることないか。そう思って、ペアルックで部屋を出た。

ジメジメとした日本とは違い、爽やかな空気を感じながら、きれいな海沿いを歩き、お目当ての店に向かう。

　朝食は、ひろが楽しみにしていた「エッグスシングス」でパンケーキとエッグベネディクトを食べることにしていた。父母と合流し行列覚悟で店に向かうと、待ち時間5分で入れるという。しかも、オープンエアの窓際席を確保できた。乾いた心地よい風を受けながら、青い海を眺められる特等席だ。

「うわ！　すごーい！　ホイップたっぷり」

　イチゴのパンケーキとブルーベリーワッフル、エッグベネディクトを4人で分ける。普段は体重管理のために甘いものを我慢している僕も、このときばかりは参戦。しかし、朝にあまり食が進まない僕は、少々残してしまった。

　ちなみに2回目のデート以降、いつも食欲旺盛なひろは、朝もバクバク食べる。僕の両親はそれを見て、驚いていた。

「ひろちゃん、よく食べるのね〜」

「あっさりしていて甘すぎないから、いくらでも食べられます！　あれ、トモはもう食べないの？」

「朝からこんなには食べられないよ。あとは、よろしく」

「はーい！　任せといて」

そういって、ひろは僕が残した分までぺろりと平らげた。

そのあとは、ひろと母のリクエストでハワイ最大規模のショッピングモール・アラモアナセンターに向かった。

どの店もタイミングよく夏のセール期間中だった。

「やっすーい！　日本の４分の１の値段！」

そういって目をキラキラさせるひろ。自分のものの物色だけでなく、「お母さん、これ似合いそう！」といっては、母にワンピースなんかを勧めている。

母も「そう？　似合うかしら？」と、まんざらでもない様子。

さらにひろはファッションブランドのコーチで「家族と友達と同僚のお土産を買う！」と張り切って、爆買いしまくっていた。

当時、大学休学中だったひろは、母親が経営する会社で事務員として働いていた。普段お世話になっているし、こういうときくらいしかお返しできないからと、そこの従業員の分まで忘れずに買うのが、いかにも彼女らしいと思った。こういう気遣いを自然に行えてしまうところも好きだった。

ひろと母は同じコーチの財布が気に入り、ふたりはおそろいで買うことにした。すると、「お母さん！　一緒に買っちゃいます！」と、ひろがまとめて払うという。母が急いで断ると、「トモのおかげでホテル代は私タダなんで。プレゼントで～す！」といって、会計を済ませてしまった。この心遣いに母は大変感心し、また、喜んでいた。

その日の夜は、食事をしながら見られる室内のハワイアンショーへ。ショーは素晴らしいものだったが、エアコンが利きすぎていて肌寒かった。肩が出ている服を着ていたひろが腕をさすったので声をかけようとしたら、それより先に、母が自分がまとっていたストールを渡していた。

「わっ！　ありがとうございます！」

そういって、先ほどまで母がつけていたものを、そのまま笑顔で自分の首に巻きつけるひろ。わずか1日にして、すっかり打ち解けた母とひろだった。

2日目の朝ご飯は、ハワイ最大級のファーマーズマーケットであるKCCファーマーズマーケットで食べ歩き。緑豊かな公園の中にいくつも並ぶ屋台に、ひろの食い気もアップする。

「トモ〜、あれ見て！　揚げトマトってはじめて見た。食べたい食べたい！」

「ロコモコもいいな〜。アワビも売ってる！　ハワイでもとれるんだね。あっ！　ジンジャーエール飲もうっと」

こんな調子でお目当ての食べ物を買っては食べるを繰り返していた。


その日の午後は、島内を周遊するためにレンタカーを借りた。

僕が「せっかくのハワイならオープンカーでしょ」といって予約しようとすると、「ダメ！　日焼けするじゃん！　やだ！　反対！」とひろと母から猛反対される。ふたりに反対されたら何もいえない。父も黙っているので孤立無援。仕方なく妥協し、アメ車のマスタングを予約した。これも僕にとって、子どもの頃からカッコいいなと思っていた憧れの車である。

ハワイは日本の免許で運転できるが、ひろは年齢制限に引っかかり、父も怖いというう。そこで僕が男らしく運転手に立候補したものの、免許取得以来、10年以上ハンドルを握っていなかった僕の運転である。後部座席に座っている両親は不安を隠さず、どんどん後ろから言葉を投げつけてくる。

「ちょっと危ない！」

「横から車が来ているやないの！」

いちいち文句をつけてくる両親に、僕もついカッとなった。

「もううるさいから！　黙って座っていてよ」

そういって鎮めるも、ふたりはシートから腰を浮かして、前のめりになって僕の運転を監視することをやめない。このやりとりを助手席で見ていたひろは、僕と両親の間に流れる不穏な空気を変えるべく、ナビをはじめた。

「トモ、今度はそこを右に曲がってね」

「次のところは左だから」

「いいよ、トモ。いいよ！　いいよ！　そうそう」

ひろのナビに、僕は「心配しなくても大丈夫やから。子ども扱いしないでよ」と抗議したが、実際に驚くほど運転が安定していった。

「大丈夫だよ、トモ。そのちょーし。そのちょーし」

ひと回り以上年下のひろに、転がされる僕。両親もそれを見て安心したのか、浮かせていた腰をようやくシートに下ろした。

「ひろちゃんは、若いのに上手にトモを操縦しよるな」

そう感想を漏らす母に、笑う父。僕は「うまいこというな」と思った。

ちなみにうちの家庭は、母が父を尻に敷いて〝操縦〟しているのだ。この言葉を聞いて、僕は母がひろを気に入っていると確信した。

車はパールハーバーへ向かうためにフリーウェイに入る。両サイドを山に挟まれた道を上がっていくとき、突如、ひろが窓の外を指差し、叫んだ。

「わあ。見て！　すごい大きい虹！」

赤、橙、黄、緑、青、藍、紫と、そこには見たこともないほど大きな七色の虹がかかっていた。

「すごい……。完璧な虹やな。奇跡やなあ」

父がポツリとつぶやく。確かにこんなにくっきりと七色が濃く見える虹は、僕も今まで一度も見たことがなかった。

まるで僕らの未来を祝福してくれているかのような、幸せのアーチだった。

第二章 闘病、結婚

奇跡がつないだウェディングドレス

肝臓がんの再発

僕の両親とひろとのハワイ旅行から遡ること2週間前。僕ははじめてひろの入院に付き添った。2013年7月10日のことだ。

前章でも触れたが、ひろはその年の5月に、肝臓がんの再発、そして肺への転移を受けて手術をした。そしてTS－1とインターフェロンという抗がん剤の併用投薬を開始。その第1期が5月30日から6月27日までで、第2期が7月11日からはじまる予定だった。

この日は、翌日からはじまる新しい投薬のために、大阪府の南部・大阪狭山市にある近畿大学医学部附属病院に入院することになっていた。ひろのかかりつけの病院である。抗がん剤投与で副作用が起こるリスクに対して、念のための入院だった。

前日に東京への出張で深夜の帰宅となっていた僕は、翌日、神戸の家から電車で近大病院に入院しているひろの元に向かった。

午後12時30分、病室のドアを開けると、ひろは6〜7人の女性たちに取り囲まれていた。

僕を見つけたひろが「トモ〜！」と声を出すと、女性陣がこちらを振り返る。どの目も「あんた、誰？」と問いかけてくる。

すかさずひろが「私の彼氏のトモで〜す」と、おどけて僕を紹介すると、一斉に僕への興味を露わにする。

「えーー？　嘘！　おいくつですか？」

「身長何センチあるんですか？」

「お仕事は何やっているんですか？」

ひろの高校時代の同級生だという彼女たちは、矢継ぎ早に質問を浴びせかける。おそらく多くの男性陣は、こういうシチュエーションは苦手だと思う。僕も議会の質問ならなんのそのだが、女性陣からの一斉質問は得意としていない。いくつかの質問に答えたあとは、徐々に部屋の隅に移動し、小さくなっていた。

抗がん剤投与を開始した第1期は、心配していた副作用もなく、ひろの体調もよかった。僕も第1期が無事だったこともあり、第2期についても楽観していた。

しかし投薬を開始する前の検査で、新たに肝臓がんが確認された。2センチクラスのものが2つ見つかったのである。

結局、このTS－1とインターフェロンの併用投与は、重い副作用が出ることはなかったものの効果が見られなかったために、8月7日の治療をもって終了することとなった。

なお、以降も僕はひろの通院や入院に同行することとなる。仕事で行けないときは、ひろの母親が付き添っていた。

しかし、僕とひろの母親のどちらも同行できないときは、ひろはひとりで車を運転して病院に通うこともあった。

今思い返せば、薬を投与すれば、めまいや吐き気など副作用の影響もあっただろうし、ひとりでの運転となると体力的にも厳しかっただろう。実際、運転中に気分が悪くなって、車内で嘔吐したこともあった。

よくない検査結果を聞く日だってある。

それを聞いた帰り道、彼女はどんな思いで運転していたのだろうか。

もっと一緒に病院に行ってやれたらよかったと後悔している。

気遣いの人

ひろは毎月1回、血液検査のために近大病院を訪れていた。病院に着くと、採血室に直行し、すぐに血液を採る。

この採血がひろの大きな負担となっていた。

彼女の血管は、普通の人よりも大分細い。慣れた看護師でも、なかなか血管が出てこないのだ。結果として、何度も注射針を刺す。ときには刺した針の場所がずれて筋肉に刺さり、青びょうたんができることもあった。

しかし、彼女は看護師に痛いそぶりをいっさい見せなかった。「注射打ちにくいですよね！　ごめんなさい」などと、自分から謝るくらいだった。それを見ていた僕は「痛かったら『痛い』っていったほうがいいよ。看護師さんも反応見ながら修正するんだから」と、待合室でひろに話した。

しかし、「変なプレッシャーを与えたくない」と、痛みを伝えることに躊躇する。

「いやいや、向こうはプロだから。そんなことを気にする必要はない。それにもし苦痛があったら、他の方法に変えるかもしれない。痛みを伝えないことで、勘違いをさせてしまうことだってあるし」

そう説得しても、「でも、やっぱり悪いよ。一生懸命頑張っているんだし」と返されてしまう。

結局、彼女の細くて白い腕には、かさぶたのような注射針の痕が一直線に並んでいた。これは、頻繁に注射をするので、かさぶたが取れないためだ。ちなみに過去には1回につき、最高16本の採血をしたこともあった。

この針の刺しすぎで血管が硬化して腕からは採血できなくなってしまい、手の甲や手首の裏側など、神経が通って痛みを強く感じる部位から採血せざるを得なくなっていった。

採血ひとつとっても、数を重ねると、このような苦労が噴出してくる。僕はそのひとつひとつを間近で見ることとなった。

「出たがり」でなかった彼女

僕と付き合って5ヵ月ほど経った2013年11月。ひろは出身高校の壇上に立ち、人生ではじめて講演をすることとなった。

発端は、同年9月。母校・大阪女学院の先生から、若くしてがんになった経験を人前で話してみることを勧められたのだ。

ひろはこの講演に向けて原稿を書きはじめた。しかし、キーボードを叩く指は何度も止まる。

「トモ、講演会の原稿、どんなこと書けばいいと思う？」

「そりゃあ、ひろの思うままに書けばいいんじゃないかな」

「それはわかっているんだけど。聖書の話とか書いていいかな？」

ひろはキリスト教徒ではないが、大阪女学院はミッション系の高校であり、授業で聖書を学んでいたという。そして、がんとの闘病生活をはじめてから、ひろはこれまで学んできた聖書の言葉に、少なからず影響を受けていた。

「ひろの実感がこもっているならいいと思うよ」

「そうだね。ちょっとまとめてみる」

しばらくして、書き上げた原稿を僕に見せてくれた。

それは、ひろにしか書けない、素晴らしいものだった。

そこには、聖書の言葉をもとに、神様は耐えられない試練にあわせることは決してせず、自身のがんについても必ず打開策があると信じているということ。どんなときも人はひとりではなく、試練を感じる苦しいときほど、真実の愛を感じられ、その愛によって試練に打ち勝てるということ。そして、家族や友人、恩人への感謝の気持ちが綴られていた。

まだ20歳そこそこの女の子がこんなふうに自分のことを言語化し、かつ、人の心に響く言葉を繰り出せるなんて、僕はただただすごいと感心した。

「すごくうまく書けていると思う。自信もっていいよ」

そしてこの原稿をもとに1回目の講演を終えたひろは、これをきっかけに、がんを公表することにした。さらにその後、「もっとひろの声を多くの人に広めたほうがいいよ」という友人の勧めから、２０１４年2月にブログを開設。このブログが反響を呼び、そこからテレビや新聞の取材を受けることで、多くの人に知られるようになっていくのである。

もっとも、彼女は自ら進んでみんなの前で話したり、メディアに露出したりするタイプの女性ではなかった。高校を卒業するまでは、知らない人と話すときは緊張してしまう赤面症を持っていたほど。明るく社交的な性格なのだが、基本的には「出たがり」ではなく、プライベートはのんびりとソファに寝っ転がって動物の動画を見ていることに幸せを感じる、いわゆる普通の女の子だった。

そんなひろに対して、講演したり、取材を受けたりすることを積極的に勧めたのは、僕である。まだ20代のひろが、「家、病院、僕」という3つの世界にだけどっぷりつかってしまうのはよくない。外の世界に触れることで、人生の新しい可能性を探れるかもしれないし、新しい出会いもあるかもしれないと思っていたからだ。

一方、ひろは大きく活動することで、生活しづらくならないか、という心配もしていた。

不安を抱く彼女に、僕はジム・キャリー主演の映画の話をしたことがある。

「映画の『イエスマン』って知っている？」

「なにそれ。上司のいうことに逆らえない人が主役なの？」

「いや、そんな映画なら誰も見ないよ（笑）。周囲からの依頼にすべて『イエス』っていうと、これまでと違うことにどんどんチャレンジすることになって、人生がバラ色に変わるって話」

「ふーん……それで？」

「もちろん自己判断は大切だけど、本当に自分の判断は正しいのかってこと。自分と考えが違っても、反対側の意見が正しいのかもしれない。ひろもまだ若いんだから、迷ったらイエスといって、自分の可能性を広げたほうがいいかなって、僕は思う」

自分としてはうまく説得できたと思った。しかし、ひろの切り返しは、僕の斜め上をいった。

「うーん、話はわかるんだけど……。なんかさ、トモって説教臭いんだよね。それに店の前でクーポンとかググるケチだしさ。私より10歳以上年上のジジイだし」

「いや、説教はともかく、ケチとジジイは今関係ないやん」

「最初はチャラ男と思っていたけど、これからは、『コスパ重視の説教ジジイ』って呼ぶから」

「それ、どんなあだ名やねん！」

「でもゴロはいいでしょ？」

「……まぁリズム感はええな」

「でしょでしょ！　おーい！　コスパ重視の説教ジジイ。ケータイの登録もそう変更しよっと」

外の世界に触れることの大切さを説いたつもりだったが、なぜか僕に変なあだ名がつけられてしまった。

しかし、意図は伝わったようで、以降ひろは全国で講演を行ったり、さまざまなメディアの取材を受けたりと、積極的に表に出るようになった。

がんを話すということ

ひろは講演の感想やブログに届く励ましの言葉に大いに励まされる一方で、表に出ることによる、ふたつのデメリットを背負うことになる。

そのひとつは、がんについて話すことへの精神的な影響である。

たとえば、ひろのがんが完全に寛解しているのならば、つらかった経験も過去の思い出として話すことができるだろう。

しかし、彼女は現在進行形でがんと闘病中なのだ。

抗がん剤も投与中であるため、体調が急に悪くなることもある。突然発生する副作用が、1時間単位で悪化していく場合もある。それまで順調に治療が進んでいたのに、講演の前日の検査で、がんマーカーの数字が2倍に跳ね上がったこともあった。講演の数日後に手術という状況もあった。

そのような中でがんの話を人前ですることは、精神的な負担になる。

とはいえ、講演や取材ではそういったことへの言及は避けられない。せっかく心の隅に追いやったつらさを、自らの口で語ることで、再度苦しい記憶を呼び起こさねばならなかった。

本来ならば自分のためだけに時間を使うほうがいいに決まっている。心身ともに過酷で複雑な状況なのだから、治療を受けていないときくらいは、がんを忘れて、家族や大切な人と一緒に過ごしていたほうがいいだろう。

しかし、ひろは自分の体をケアすることよりも、誰かのために生きる道を選んだ。

「私の話が誰かの役に立つのなら」

「私と会ったことが、何かのきっかけになるのなら」
そういって、どんどん積極的に講演活動や取材を受けるようになっていった。もともと僕が彼女の可能性を広げるために勧めたことだったが、ひろはさらに〝伝えたその先〟を見据えていたのだ。

遠方の講演には、彼女ひとりで飛行機に乗って行くこともあった。小さな体で赤いスーツケースをコロコロと転がした彼女が会場に入ると、ひろを呼んだ人たちは皆、驚いたという。「余命半年」と宣告された人となると、同行者がつきっきりでサポートしているイメージがあるようだ。なのに、ひとりで現れた本人が会場にいる誰よりも明るく元気なのだから。

ひろがメディアに出ることで、少なくともがん患者にまとわりつく、そんな暗いイメージを覆す効果はあったように思う。

なお、ひろは講演をするにあたり、毎回、依頼された団体に合わせて原稿を一から作っていた。「みんなが聞きたいことって大体一緒だから同じことしゃべればいいやん。一から作るとしんどいで」という僕に対し、「みんなが期待して待ってくれているから、同じものでは失礼になる」という。それほど真剣に、伝えることに重きを置いていた。

命を奪う言葉、救う言葉

表に出てしまうデメリットのもうひとつは、誹謗中傷を受けることである。

存在が世の中に知られるようになると、インターネットの掲示板に悪口を書かれたり、ひろのブログに直接、心ないメッセージが届いたりすることもあった。

「死ぬ死ぬ詐欺」

「余命宣告ビジネス」

ひろを激励したり応援したりする多くのコメントやメッセージに紛れて、ごくわずかではあったが、そんなメッセージも届いた。

ひろはこういったコメントやメッセージのひとつひとつに真正面から向き合い、深く傷ついていた。

一時は講演や取材もほとんど断り、ブログに届く応援メッセージにも応えなくなるほど落ち込んでいた。

言葉は人の命を奪い取る。

ちなみに彼女の死後、僕の公式ホームページに送られてきた最初のメールは、「お前も死ねばよかったのに」という一言だった。

「なんで私の伝えたいことを真逆で捉えられるんだろう。ネガティブに考える人がいるんだろう。偏った見方をする人がいるんだろう」

そう悩むひろに対して、僕はこう伝えていた。

「世の中にはいろんな考えを持つ人がいる。国語で登場人物の気持ちを問う問題があるけど、全員が答えられるわけじゃないでしょ。置かれた環境や経験も違うしな」

「でも、なんとかして伝わってほしい。いつかはわかってもらえないかな？」

ひと回り以上年上の僕は相手にする必要のないこの手のことに対してスルーする技術を備えていたが、ひろはまだ20代前半の女の子だ。彼女はまだうまく対処する術を持っておらず、悩み続けていた。

しかし、だからこそ、ブログに届く応援や励ましの言葉は、ひろをより支え、元気づけることになった。ひろはひとつひとつのコメントに何度も目を通していた。

医療関係者から治療法についての情報が届いたときは、その心遣いに喜んでいたし、くだらないギャグを投稿してくる人には、もともとお笑い番組が好きなだけあって、「これ面白い！」と、僕にもその話を聞かせてくれた。

言葉は人の命を救うものでもあるわけだ。

闘病中の支えは、まだ見ぬ景色

講演会をはじめ、ブログを開設し、メディアの取材も受けるようになった2013年後半から2014年にかけての時期。ひろを取り巻く環境が変わっていったのと同時に、治療についても曲がり角を迎えていた。

2014年2月。新たに肝臓にがんが見つかり、肺にも1センチ未満のがんが多数見つかった。同月に肝臓のがんの切除手術を行うものの、医師から、現状だとがんをすべて取り除く治療法がないことを宣言される。

その際に勧められたのが、分子標的薬ネクサバールによる治療だ。これは、肝臓がんを患った人のうち、肝臓以外に転移があり、局所治療の効果が見られなくなった場合に行う、全身化学療法である。

1回2錠の薬を1日2回経口投与するもので、入院せずに自宅で治療できるメリットがある。がんの増殖を抑えて現状維持する効果は期待できるため、延命を図ることができるといわれる治療法だ。しかし、がんの縮小効果は5％程度といわれ、完治は期待できない。

つまり、ネクサバールをはじめることは、がんをなくす闘いではなく、〝共生〟を意味する。完治ができない状況に治療前、ひろは落ち込んでいたが、持ち前のポジティブな姿勢で、がんを抱えながらも生きていくことを決意した。

同年3月18日から、入院していた病院で、そのネクサバールの服用を開始した。懸念していた副作用も出ず、無事に21日に退院することができた。

しかし、服用をはじめてから9日目の3月26日の朝、ネクサバールによる副作用が出はじめる。左腕に赤いぶつぶつができてしまったのだ。

ただ、この発疹は治療を行った4割の患者に出る副作用だ。ひろがすぐに医者に電話したところ、「酷《ひど》くなるようだったら連絡ください」といわれ、様子を見ることになった。

ひろから状況を聞いた僕は気がかりではあったが、よく出る副作用ならと思い、職場に向かった。しかし、このあと2、3時間のうちに発疹が両腕と首元に広がってしまう。それに伴う痒《かゆ》みにも襲われ、声もかれ、呼吸もしづらい状態に陥ったのだ。


「やばい。

発疹が広がった」


僕が職場に着いた頃、LINEに連絡が入った。その日実家にいたひろは、母親と一緒に病院に向かうことになった。

主治医から薬の副作用であると診断され、この日からネクサバールの服用を中止することになった。

「明日もう一度来てください」

そういわれ、ひろはアレルギー反応を抑える薬を出してもらい、帰宅した。

しかし、そのあと、両腕と首元の一部にあった発疹は、飛び火していく。翌27日には上半身全体に広がってしまい、28日に入院予定だった病院に急きょ向かうことに。

「検査の結果、多形紅斑《たけいこうはん》という薬疹でしょう」

担当医からそう告げられた。多形紅斑とは、発疹みたいに一粒一粒ではなく、集合体になって塊となっている紅斑を指す。

そこで、炎症を抑えるためにステロイドの服用をはじめるのだが、薬疹の勢いは衰えなかった。首元までしかなかった薬疹が、29日には顔にまで現れ、目の周りにまで広がってしまった。

そして全身が真っ赤になってしまったひろを、地獄のような痒みが襲った。

このとき、僕は仕事が終わったあと、毎日病室に様子を見に行っていた。29日は土曜日ということもあって、終日病室にいた。

「あぁ、もう痒い！　痒い！　痒い！」

ベッドの上でひろが苦しむ。しかし、掻いてしまうと炎症がひどくなるのでひたすら我慢。痒みに耐えるしかない。僕は「大丈夫だよ。もう少しの我慢だよ」と声をかけ、手を握ってやることしかできなかった。

痒みと発熱を抑えるために、氷枕や氷袋を全身に隙間なく敷き詰める。これで痒みは多少治まるのだが、今度は体温が34度まで低下し、寒くて眠ることすらできない。

結局ひろは、翌30日の朝5時まで起きたままだった。


ひろがこのとき治療の励みにしていたのは、トルコ旅行だった。

彼女は手帳にも「世界の美しい景色を見て回りたい」と目標に書いているくらい、海外を飛び回りたいという意思を持っていた。それは、ただ単に趣味にとどまらず、各国の絶景をテレビなどで見るたびに、「絶対にこの景色を見に行くぞ！」という思いが湧き上がり、生きる気力につながるのだという。そして実際に絶景を目にすることで、「もう一度、この景色を見に来てやる！」「これよりも、もっとすごい絶景を眺めたい」と思うのだと。

また、日々の多くを病院で過ごさなければいけないひろにとって、旅行は目標であり、頑張ったご褒美でもあった。そして、このネクサバールの薬疹が治まった暁には、世界遺産の「カッパドキア」の風景を気球に乗って眺めてみたいという。そんなひろたっての希望で、僕は3月にひろが入院する前に、トルコ旅行のツアーに申し込んでいた。

しかし、トルコ旅行どころか、退院もままならないくらい症状は一向によくならない。主治医が心配していたのは、この状態で高熱が出て、粘膜症状が表れること。すると、ただの薬疹ではなく、最重症のスティーブンス・ジョンソン症候群になる。この場合、失明の可能性や、最悪死に至ることもあるという。

そのことをひろと一緒に医師から聞かされ、僕は何もできない自分の無力さを歯がゆく感じた。僕にできるのは、薬疹が目まであと一歩と迫っても、「頼むから治ってくれ！」と祈ることだけだった。

しかし、そんな願いが届いたのだろうか。3月31日の月曜日の朝、ひろの体の薬疹はそれ以上酷くなっていなかった。医者に診てもらうと、「あれ？　ちょっと引いてきていますね。油断はできないですがいい兆候です」という。さらにこの日から、真っ赤だったひろの体は徐々に薄いピンク色に薄まっていき、一時は医師から「旅行はあきらめてください」といわれていたのだが、奇跡的に4月3日には退院することができた。

そしてその翌日には、僕らは予定通り、関西国際空港からトルコに向けて出発したのだった。

あらたな副作用に襲われて

8日間のトルコ旅行の中で、幸いにもネクサバールの副作用はいっさい出なかった。ひろは、カッパドキアの絶景を気球に乗って眺めるという目的を果たし、さらに、パムッカレに向かう途中に目に入ったパラグライダーにも、自ら申し込んで体験するなど、元気そのものだった。

しかし、帰国からしばらくすると、今度は別の症状に悩まされることになった。2014年4月下旬頃から、薬疹を抑えるステロイドの副作用が出はじめたのである。

何より、いちばん苦しんだのは脱毛だった。

抗がん剤でもそうだが、女性にとって髪の毛が抜けていくのは、もっとも耐えられない副作用だと思う。

ある日、一緒にお風呂に入っていたときのこと。僕が湯船につかっていると、頭を洗っていたひろが、小さな肩を震わせて泣いている。

心配して声をかけると、「これ」といって、泡がついた手を見せてくる。その泡が心なしか黒い。

髪の毛だ。

浴室の床にも、髪の毛が束となって広がっていた。

ひろは医師から脱毛の可能性は聞いていたものの、予想以上に抜けることに、ひどく落ち込んでいた。脱毛で肌色の頭皮が目立つようになった頭頂部を鏡で見ては、声をあげて泣くこともあった。

しかし、こんなときでもひろは、前向きだった。

受け入れられない現実を受け入れられるように変えようと、鎖骨くらいまであった髪を、一気にベリーショートにしたのだ。髪の毛の抜ける量が変わるわけではないが、短いと髪が抜けるときの心のダメージが小さいのだという。

そのうちに、高校時代の女性の先生がひろを元気づけるために自分も丸刈りにしたり、友達から面白いカツラをプレゼントされたりするなど、周りの明るい応援もあって、徐々に立ち直っていった。

さらに、どうせならと栗毛色のウェーブの利いたウィッグを被るなど、こんな状況でもおしゃれを楽しもうとしていた。

実質的なプロポーズ

2015年に入り、借りていたマンションの更新時期が来て、このまま住み続けるか、それとも家を購入するかの判断を迫られていた。

この頃にはひろも僕のひとり暮らしの部屋に一緒に住んでおり、手狭になっていた。当時住んでいた家は築35年物の5階でエレベーターがなかった。ひろの体を思うとさすがにエレベーターがないとしんどいだろうと考えた末、思い切って家を買う方向で住み替えを検討することにした。

これはもう、僕にとっては、実質的なプロポーズだった。

今までのデートコースは、動物園やアウトレットが主だったが、徐々に住宅展示場や物件見学が中心となっていった。

週末の新聞折り込みに入った大量の住宅チラシをひろがチェックし、気になる物件があったら、土地やオープンハウスをふたりで見に行く。

しかし、なかなか価格と立地条件に折り合いがつかず、悪戦苦闘していたある日のこと。ひろとチラシで発掘したお目当ての物件に「ちょっとイメージと違うね」とガッカリしながらの帰り道。駅に向かう途中に「売土地」という立て看板が目に入った。ひろと顔を見合わせる。

「ここってさっき見たところよりも土地広いやん」

「駅にも数分近いね。トモ、ちょっと問い合わせてみてよ」

その場で看板に書かれた電話番号にかけると、予算内で家の設計から間取り、壁紙まで、かなり自由にできるということがわかった。

そして翌日にはその不動産会社を訪れ、土地を購入することとなった。


その日以降、ふたりで家の設計を相談する毎日がはじまった。

僕は仕事場も兼ねているため、家で仕事をすることが多い。だから、仕事部屋はもちろん、他の細かなことも気になってくる。

僕は壁紙ひとつにもこだわった。壁紙はそれほど費用もかからずにおしゃれ感を出せるコスパのいいアイテムだ。それゆえ、合計3回ショールームを訪れたのだが、ひろは一向に決められない僕の優柔不断な性格にうんざりして、最初の1回だけしかついてきてくれなかった。

一方、ひろのこだわりはキッチンにあった。しかし、ひろはそもそも料理をしない。そこで、身長188センチの僕に合わせた作りにしようとすると、「私が料理できないじゃない！　平均的な高さにしてよ、絶対！」と文句をいってくる。

「てか、ひろって全然料理しないやん」と指摘しても、「そのうち、料理教室に通うもん！」と譲らないのだ。こうなると僕より頑固なひろである。結局、キッチンの高さを僕が希望していたよりも5センチほど低くすることになった。

しかし、この甲斐空しく、その後も彼女は料理を作るどころか、料理教室に通うことすらなかったのだが……。

さんざんに話し合った結果、僕らの家は3階建てで、2階と3階が吹き抜けとなっている3LDKの間取りにすることに決まった。3階の仕事スペースから、2階のソファでくつろぐひろをいつでも見られるように配慮した設計である。

「パワフル家政」のひろ

家を建てることが決まってからは、今度はインテリアショップや家具屋さんがデートコースに加わった。

ひろが大好きだった神戸どうぶつ王国のほど近くにある、ＩＫＥＡと東京インテリアには幾度となく訪れた。

あるとき、座り心地の良いソファを見つけた僕は、ひろに「めっちゃこのソファいいやん！　これ気に入った！　ひろ、座ってみな！」と勧めると、なぜかひろは呆れ顔。僕が首をかしげると、

「ま〜た、そのソファに座っている。ねえ、トモ。そのソファに座るの、もう3回目だよ！　毎回それに座って、いいないいなっていっているの、気づいていないでしょ？　すぐに忘れちゃうんだから。気に入っているならさっさと買いなよ」

指摘されるまでいっさい気づいてなかった僕は恥ずかしくなり、ソファから立ち上がり、何事もなかったかのようにふるまうなんてこともあった。

ひろが興味を示したのは、ダイニングテーブルだった。

僕らはそれまで背の低いリビングテーブルで食事をしていたから、僕は不要だと思っていたが、どうやら僕の両親から勧められたらしい。家を構えるなら、食事用のダ

イニングテーブルを買ったほうがいいと。その言葉に影響を受けたのか、「ダイニングテーブルがなくちゃ、ご飯食べないもん」とまで言い出した。

「コスパ重視の説教ジジイ」の僕としては、使わないものを買うことは絶対に避けたかった。しかし、結局このときもひろに負ける形となった。

ちょうどひろの実家でもテーブルを買い替えようという話になっていたらしく、彼女は2個セットで買うから値引きを！　と店側に明るく交渉し、見事に成功させていた。

ひろは、こんなふうに関西人的、「パワフル家政」なところがあった。

僕は付き合いはじめから、軽い口調で「いつでも結婚するからね」と、ひろに伝えていたが、この頃にはもっとふたりの未来を具体的にイメージするようになっていた。彼女のほうも、僕が「結婚いつでもいいよ」というたびに、「何それ？　普通男から、ちゃんとプロポーズするもんじゃないの？」とグチをこぼしてはいたものの、ひろも設計にガンガン要望をいれながら一緒に住む家をつくっているのである。

当然、同じ方向を見ているだろう、と思っていた。

未来を断ち切る電話

家の設計も決まり、家具の購入もひと段落した頃。付き合って2年が過ぎた2015年7月のことだ。

その夜、僕が自宅で仕事をしていると、実家に帰っていたひろから一本の電話があった。

何の気なしに電話をとると、「もしもし」とひろが元気のない声でいう。いつもと違う雰囲気だ。

「あのね……。突然で悪いんだけど」

「どうしたの？」

「……私たち、別れない？」

僕ははじめ、ひろが何をいっているのかわからなかった。そのうち頭が回り出すも、あまりのことに言葉がうまく出てこない。

「……えっ？　別れるって僕らが？　なんで？」

電話の向こうでひろが押し黙った。僕はカラカラになった喉を潤すために唾を飲み込み、ひろの回答を待った。

「トモが、本当に私のことだけを見てくれているのか、ずっと不安が尽きないの」

「意味わからん。どういうこと？」

聞くと、どうやらひろは、僕が浮気をしていないか心配なのだという。

「そんな！　俺は浮気なんかしてないよ！　ずっと仲良く過ごしてきたじゃない！そんなこと思っていたの？」

まさかこの段になって、そんなことを思っているとは信じられなかった。

「うん……。私、付き合っている間ずっと、考えていたんだよね」

確かにひろは僕が電話に出ないと、僕がどこかで別の女の子とデートしているのではと不安がった。　しかし、そんなひろの不安を解消しようと、携帯の暗証番号を教え、さらに履歴や登録している電話番号なども全面開示し、安心させてきたつもりだった。

混乱して言葉を継げないでいると、ひろは「少し距離を置きたいの」と、静かにいう。僕は思わず声を荒らげた。

「家の設計だってあれだけふたりで話し合ってきたじゃない？　ひろだってすごく口出ししてきたよね？　俺にとっては、あれは実質のプロポーズだったよ。それをこのタイミングで、ねえ、なんで別れ話なの？」

しかし、彼女の反応はない。

2年も付き合ってきて、着実に一緒に未来へと歩みはじめていたのに、電話一本で終わってしまうのか？

だけど僕は、携帯を耳に当てながら、あることを思い出していた。

当時、彼女と付き合いはじめた頃、「俺以外の他の男の子とも、どんどん遊びに行ったらいいよ」と、よくいっていた。これは、適切な判断をするにはそれなりの経験値が必要であるという僕の考えによるものだった。そのときひろはまだ20歳。33歳の僕より圧倒的に出会っている人の数が少ない。人生のパートナー選びなんだから、いろんな男性を見ておいたほうがいい。そんな思いがあったのだ。

しかし、このセリフを聞くと彼女は決まって、「本当に私のこと好きなの？　愛してるなら、他の男と会ってもいいなんていえなくない？」といった。僕は「もちろん愛してるよ。だからこそいっているんだよ」と返していたが、ひろは納得いかない様子だった。

この言葉が、ひろを疑心暗鬼にしてしまったのだろうか……。

電話越しの反応は依然としてない。

僕はなんとか声を振り絞り、「わかった」とだけいって、電話を切った。

こうして、結婚直前までいった僕らの関係はあっけなく終わってしまった。

つながっていた電話

ひろと別れて数週間。何度か電話をしそうになったが、グッとこらえた。ひろがさんざん考えて出した結論を、そう簡単に覆すことはできないからだ。それよりも、なぜひろは別れるという結論に至ったのか。いろいろな考えがめぐる。

以前、大学時代からの親友・博司にひろとの交際を報告したときにいわれたことを思い出した。ひろと付き合って半年経ったくらいの頃だったと思う。博司とふたりで飲んだときに、僕は今まで付き合ってきた子とは、ひろは全然違うこと。そしてがんのことも話したうえで、将来一緒になりたいと思っていることを打ち明けた。そのときの博司の反応は、それはそれは渋いものだった。

「お前さ、そんな簡単に、真剣に付き合っているとか結婚するとかいいよるけど、わかってんのか。その子が余命宣告されているなら、彼女が先に死んでしまう可能性が高いってことやで。それにお前、結婚しなくても子どもは欲しいっていってたやん。まったくその逆やで。子どもあきらめるのか？　その結婚に絶対にハッピーエンドはないぞ」

僕を思ってくれたうえでの厳しい言葉だった。僕は、「でも、好きになったし」としか返せなかった。

こうやって考えると、もしかしたら、ひろは僕との未来を考えて身を引いたのだろうか……。いや、いよいよ結婚ぽくなって、本当にこの人でいいのかな？　と不安になっただけなのかもしれない。

どちらにせよ、真意はわからない。

それからしばらくすると、ひろに新しい彼氏ができたと、風のうわさで聞いた。

僕にとってひろはベストの相手だったけど、ひろにとっての僕は、ベストの相手ではなかったのかもしれない。いろいろな出会いをしてね、と繰り返し伝えてきたのは、その可能性を考えたからだけど、突然突きつけられるとショックだった。

仕方ない。前を向こう。

僕はひろと付き合ってからは削除していたマッチングアプリを再びインストールして登録し、〝運命の相手〟を探し直すことにした。


2016年2月。

ひろと住むはずだった新居も完成し、ひとりで引っ越しも済ませたある日のこと。

僕はマッチングアプリで知り合った女性と梅田のダイニングバーで食事をしていた。

すると、ひろから電話がかかってきたのだ。

実は、別れてから3ヵ月が経過したあたりから、ひろから連絡が入ることがあった。

「元気してる？」

そんな世間話を持ち出したあと、ひろから出るのは、僕と別れてから付き合いはじめたという彼氏の悩みである。「それを元カレにいうか？」と思ったが、僕はそのうちに経験豊富なアドバイザーとして相談に乗るようになっていた。

それが次第に、ひろの母親が病院に同行できないときは、僕が車を運転して付き添うなど、会う回数も増えていった。しかし、こちらとしては、もう別れたのだから、あくまで「友達」としての対応である。

そんな微妙な関係になっていたひろからの電話だ。ダイニングバーで女の子と向き合っている僕は、当然この電話に出なかった。

しかし、ひろからのコールは一向に鳴り止まない。僕はブルブル震える携帯を、カバンにぱっと放り込んだ。

そして、そのまま女の子との会話に勤しんだ。

それから1時間ほどが経過し、2軒目の店に移ろうか、となったときのこと。カバンにしまいこんだ携帯を取り出して、僕は驚いた。

なんと、ひろからの電話が通話状態になっていたのだ！　これでは、会話は全部筒抜けである。

恐る恐る「もしもし」と応えてみる。すると、ひろが待ち構えていた。受話器越しだからもちろん見えないのだが、怒りでプルプル震えているのがわかった。

「ねえ……、なんで通話になってるの？」

「そんなの知らんよ！　でも、何十回も電話をかけていたら、つながったの！」

……何十回。熱量がすごい。てか、なんでつながんねん。率直にそう思った。そもそも僕はひろと別れた身である。それなのに、何十回も電話するのはいかがなものだろうか。

「すっごい、た、の、し、そーねー！　海外いっぱい行ったとか、家買ったとか、自慢ばっかかして！　猫なで声で、気持ち悪い！」

閻魔様《えんまさま》のように怒っているひろの顔がありありと想像できた。

ただ、何度もいうが、僕はひろと別れている。だから、これは浮気でもなんでもないはずだ。なんら文句をいわれるものではない。

「家に女の子、連れ込んでいるんでしょ？　私たちの家なのに！　ひどいよ！」

ひろの怒りは最高潮に達していた。もちろん、家は僕のものである。お金だって全部僕が出した。繰り返すが、半年前に僕は彼女のほうからフラれているのだ。

これはあまりに理不尽である。そんなことを内心思っていたら、

「今から家に行くから！」

ひろはそう告げると、一方的に電話を切った。

「えええ!?　今から」

ひろは僕が家にいると勘違いしているようだ。

僕は慌てて、隣にいる女性に「ごめん！　ちょっと急用ができた！　また今度！」といい、駅に向かって猛ダッシュした。突然の別れの言葉に戸惑う彼女は、あっという間に後方彼方だ。

「ごめんなさい！」

心の中で謝っていた。

ひろ、大爆発

数十分後。我が家の玄関の扉を恐る恐る開けると、普段は誰もいないはずの2階のリビングからすごい音が聞こえてくる！

ガシャーン！

バーン！

これは、かなりやばい。

静かに階段を昇ると、暗闇の中で家のものというものをあっちこっちに投げつけているひろの姿が浮かび上がった。横には、オロオロするひろの母親までいる。

僕を見つけたひろ。

「なんで他の女の子と遊んでるのよ！　ひどい！　あんまりだよ！」

泣きながらものを投げつけてくる。

「いや、ひろから別れようっていったやん？」

そう思うも声には出さず、ティッシュ箱を投げつけられる僕。紙製の箱だって、当たれば結構痛いことを知る。

「女の子を家に連れ込んだでしょ？　ここは私たちの家なのに！」

ひろの怒りは収まらない。

「いや、ここは僕のお金で買った家だよ。それに、別れたのに、なんで合鍵持ってんねん。それ不法侵入やし。これ暴行やん……」

もちろんそんなことは口にできない。僕にできることは、じっと耐えるだけだ。

すると、ひろは、決定的なセリフを吐いた。

「トモはね。私のものなの！　別れていても、そうなの！」

ジャイアンかよ……。

「そんな、無茶苦茶やな」

やっと僕の口から出た言葉はこれだった。

大暴れに付き合ったことで、ひろもやっと落ち着いてきたようだった。僕はそっと彼女の横に立ち、背中をさすった。そして、僕は僕で覚悟を決めた。

「確かに他の女の子とも会ったよ。でも、やっぱひろと比べちゃって、本気になれなかった。ひろが良ければ、また付き合わない？」

そういうと、ひろが顔を上げて泣きながら答えた。

「もう！　早くそういってよ！」

この騒動をきっかけに、僕らは無事に（？）復縁したのだった。ふたりで生活するようにつくり上げた新居に、めでたく一緒に暮らすこととなった。

天国と地獄

雨降って地固まる、とはよくいったものだ。復縁してからは、ひろは僕の浮気を疑うことはなくなった。

そして、体においても、良い変化が起こった。ずっと上がり続けていたがんマーカーの数字が少し下がりはじめたのだ。

ＰＩＶＫＡ－Ⅱ（異常プロトロンビン）とＡＦＰ（α－フェトプロテイン）。このふたつの数字が、がんの勢いや状況を示す数値となる。そして、この数字の良し悪しで、ひろの気持ちは上がったり下がったりした。

２０１３年に肝臓がんが見つかったとき、なんと手術前にはＡＦＰが７・２万という数字を叩き出していた。がんを患っていない場合は10以下といえば、どれくらい高いかがわかっていただけるだろう。

そのあと、切除をすることで数分の1に下がっていったが、再発や転移を繰り返すことで、再び数字は徐々に上がっていった。

このときひろは、ちょうどレンビマの治験に参加していた。レンビマはエーザイが開発している薬で、すでに甲状腺がんの治療薬として世界50ヵ国以上で販売されている。この治験は、肝臓がんへの適応の拡大を目的としたものであった。

そして、２０１６年11月中旬頃には４・３万だったがんマーカーの数字が、11月末には２・４万と、下がったのである。

新居に一緒に住みはじめたことをきっかけに、僕の気持ちはいよいよ結婚へ向かっていた。

しかし、この段になるとひろは以前とは違う心配で揺れ動いていた。

「結婚したあとで、トモを置いて死ぬわけにはいかない。結婚したらトモを悲しませてしまう」

「もし結婚して私が死んだら、トモはすぐに再婚とかしにくいよね。私はそうしてほしいけど世間の目が厳しいし、私という存在がいたことを嫌がる女性もいるかもしれない。結婚して、トモの人生の足かせになるのが嫌なの」

僕が「そんなことは気にしないで一緒になってほしい」といっても、ひろの気持ちは頑なだった。

そんなやりとりを続けていたが、レンビマが効いたのだろうか、がんマーカーが急激に下がったことにより、このまま治ってしまうのでは？　という期待を僕らは持ちはじめた。そしてひろも好転していく気配を感じ、ついに僕との結婚にうなずいてくれたのである。

ようやく運命の人と一緒になれると、僕は幸福の絶頂にいた。

ところが、わずか数日後の12月20日、思わぬことが起こった。

3ヵ月に一度受けている定期検診で、骨とリンパと心膜への転移が見つかるのである。まさに、天国から地獄に落とされた気分だった。

がんなんて関係ない！

骨とリンパと心膜への転移。

肺以外への転移がはじめてということもあって、ひろも大きな衝撃を受けていた。

「あの……、全然わからなくて。不安しかないんですが」

ひろが心のままをいうと、担当医は「治療するならば、放射線治療しかないですね」という。それを聞いて、ひろの表情が曇った。この三大治療の一つである放射線治療に、あまりいいイメージを持っていなかったからだ。

特に、がんがある恥骨のリンパ部分に放射線治療を受けると、将来妊娠することへの影響が出てしまう。

医師の説明を聞き終え、家に帰ってきたひろは僕を見て、目に涙をためながらこういった。

「結婚はなしにしよう」と。

しかし、今度は僕がひろを許さなかった。

ひろの腕をつかみ、強い口調でいった。

「ひろ、聞いて！　転移があったことは仕方がない。でも、そんなの僕らの結婚には関係ないよ！　がんなんて単なる細胞じゃないか！　僕らの仲を裂くものじゃない！」

軽く息を吐き、続けた。

「ひろはさ、僕の気持ちを考えたことある？」

その言葉に、ひろが僕を見上げる。その瞳から涙がこぼれおちていった。

「ひろにがんがあってもなくても、そんなことは関係ない。僕らが一緒になることをがんなんかに邪魔させない！　ふたりにはがんなんて関係ないはずだ」

ひろは涙を流したまま、僕の言葉を黙って聞いていた。そして、僕の目をじっと見つめてかぼそい声でいった。

「……トモはこんな私と結婚してくれるの？」

僕は握っていた腕に力をこめた。

「もちろんだよ。ひろがしてくれるならいつでも結婚するっていったやん。その言葉に嘘はない」

ひろはほっとしたのだろう。声をあげて泣いた。僕は小さく震える彼女の華奢《きやしゃ》な肩を抱きながら、あらためて、これからどんなことがあっても、彼女を支えていきたいと思った。

結婚式とは感謝会

2017年の年が明けてから、僕らは結婚式の準備に入った。しかし実は当初、ひろは結婚式を挙げることを反対していた。

「なんかさ。新婦のあのドヤ顔が嫌なんだよね。見せびらかすようで」

基本的に何事にもまっすぐなひろだったが、なぜか結婚式については、ネガティブな見方をしていた。

加えて、来てもらうことで、大切な時間やお金を使わせてしまうことを「みんなに負担をかけちゃう」といって、絶対にしないといい張っていたのだ。

しかし、ひろが結婚することを何人かの友人に打ち明けたところ、絶対に式を挙げたほうがいいと勧められたのだという。根が真面目なひろは、結婚式がなぜあるのか、雑誌やネットを使って勉強をしはじめた。

そのとき、目に止まったのが雑誌「ゼクシィ」である。そこにはこんなふうに、結婚式の意義が書かれていた。

「親への感謝

友達への感謝

結婚式は決して新婦のためだけではない

応援してくれた・支えてくれた大切な人々への恩返しなのだ」

マーケティング上のキャッチフレーズといってしまえば、それまでかもしれない。しかし、元来素直なひろは、この記事に感動していた。

「そうか。結婚式はみんなへの感謝会なんだね。これまでいろんな人に助けられてきたけど、まだ恩返しできてないよね」

そう納得すると、「よし！　やるぞ」と気合いを入れるのだった。

中身がもっとも重要

決めることが無数に存在する結婚式。

いちばんはじめに決めなければならないのが、式場だった。レストランにするのか、ホテルにするのか、ウェディング専門の施設にするのか。ふたりのデートは結婚式場めぐりが中心になっていった。

「ホテルのほうが格式があっていいんじゃない？　トモの仕事柄、偉い人もたくさんくると思うし。失礼にならないようにさ」

家をつくるときは、たくさん注文をつけたひろだったが、結婚式は政治家である僕のことを優先して、決めようとしてくれた。その気遣いは嬉しかったが、僕自身が何度も式に出ていた経験から、どこで挙げるかも大事ではあるが、どんな中身にするかが何より重要だと考えていた。

さらにふたりでネットの口コミを見ていると、食事が参加者の評価ポイントだとわかる。そこで、レストラン系の式場に絞ることにした。なかでも、どこよりもおいしい食事を出してくれた「ラ・フェット　ひらまつ」に決定した。

レストラン系はホテルやウェディング専門施設と違い、衣装やカメラなどの持ち込みが無料でできる。「コスパ重視の説教ジジイ」の僕としても悪くはなかったし、なによりひろの理想の演出ができるという良さもあった。

ひろがこだわっていたのは、結婚式に使用する花について。というのも、ひろの親戚にバラ園を経営している人がおり、その花を使用したいという強い思いがあったのだ。

しかし、基本的に花の持ち込みはＮＧ。僕は交渉すら無理だろうと思っていたのだが、ひろの熱い気持ちを受け、特別にＯＫしてもらえることになった。

さらに、ゲストにつけてもらうコサージュを、ひとりひとりの顔を思い浮かべながら、ひろと一緒に花を選んで作成していく。はじめこそ、コサージュの講習会に参加させられたのは嫌だったが、ひろの真剣な姿を見ていると、いつの間にか僕もそれに応えたくなり、作業自体も楽しくなっていった。

それ以外の細かい作業も、どれもひろの夢をひとつひとつ叶えていっているようで、幸せな時間でもあった。

涙のウェディングドレス

なんといっても、女性にとっていちばん大事なのはドレス選びだろう。

いつものソファに座り、パソコンであれやこれやと何時間も検索して探し回るひろ。男の僕にはわからない世界だなと隣でしみじみ思っていると、あるドレスを見つけて、画面に釘付けになっている。

「これ、やっぱりかわいいなぁ。ラインもきれいなんだよね」

ひろがそう説明してくるので、画面を覗き込む。

驚いた。びっくりするほど、値段が高いのだ。

その頃には写真撮影用に、すでにウェディングドレスをひとつ購入していたが、確か数千円だった。もちろん本番用はもっと高いことは予想していたが、それにしても想像していた金額の数倍のお値段。男の僕からしたら、パッと見、その前撮り用のドレスとたいして変わらないような気もする……。しかし、そんなことは口が裂けてもいえない。僕は空気を読んで「せやな。やっぱ違うよなぁ」と相槌を打っておいた。

ひろもさすがにお値段を気にして、「う〜ん」と唸っていた。しかし、しばらくすると、ひらめいた！　といわんばかりに明るい表情で僕に語りかけてくる。

「着たあとに、ネットオークションで売却すれば、実質的な負担はレンタルと変わらないことに気づいた！　私、天才！」

「確かに、式場レンタルでもそのくらいの値段になるしね。ひろが気に入っているなら、それを買おう」

一生に一度の晴れ姿だ。


そして数日後、僕らはサイトで見つけたお目当てのドレスを見に、東京にあるお店へと向かった。

ゴージャスな店構えに圧倒される僕ら。重厚な扉を開けると、そこには無数のウェディングドレスがズラリと並んでいた。

ひろは一気にテンションが上がったようで、感嘆の声をあげる。

「すっごーい!!　かわいい！」

「こんなに種類あるものなのね。試着するの大変そう！」

気になるドレスを片っ端から選び出し、店員や僕を相手に、ああでもない、こうでもないと、目をキラキラ輝かせながら話す。

そんな嬉しそうな彼女の表情を見て、僕は心底「結婚式を挙げることにしてよかったな」と思った。


しかし、普通の試着と違って、ドレスを着るのにはかなりの時間がかかる。待ち時間中、僕はだんだん飽きてきてしまい、あくびを頻発するようになっていた。ちなみにこの様子は同行していたカメラマンにバッチリ撮られており、僕のあくび姿は披露宴で流されることになる。

そんなふうに眠気と闘っていると、試着室からスタッフが出てきた。


「試着できたよ！」

ひろの元気な声とともに、カーテンがさっと開かれる。

そこには、純白のドレスに身を包んだひろが、はにかんだ笑顔で立っていた。

「どうかな？」

……僕は何も言えず、思わず目を閉じた。

ひろとの出会い、両親と一緒に行ったハワイ旅行、病院通い、家づくり、思わぬ別れと復縁、がんの転移、そして結婚を決めた夜。

ひろとの思い出が、どんどんかけめぐる。

目を開けたとき、僕はこらえきれずに涙を流した。

それまで僕は、たとえ彼女の検査の結果が悪くても、落ち込むひろをより気落ちさせたくない思いから、どんなときもポーカーフェイスで感情を表に出さないようにしていた。ましてや、ひろの前で泣くことなんて、絶対にしてはいけないと自分で決めていたことだった。

しかし、このときばかりは、耐えることができなかった。この涙は、心の底から幸せを感じた結果だったからだ。

余命半年と宣告されたひろが、僕と出会い、恋愛し、結婚する。

ウェディングドレスを着られるところまで来た。

ようやく、ここまでたどり着くことができたのだ。

「トモ、泣いちゃダメだよ！」

ライトアップされた試着室からそう声をかける彼女の頬にも、涙が伝っていた。

小さな奇跡たちがつながって

2017年6月18日に迎えた結婚式当日。はからずも、ジューンブライドとなった。結婚を決断してから半年、あっという間の日々だった。

ひろと僕が結婚式のテーマにしてきたのは、ゲストをいかにもてなすか、楽しんでもらえるか。そこで考えたのが、披露宴を二部制にすることだった。

午前は親族だけで披露宴を済ます。そして、結婚式を挟み、午後は友人・知人に向けた披露宴を行う。その分、ドレスを着る時間が長くなり、体力的にしんどい思いをすることになるが、「せっかく来てくれた人と濃密な時間を過ごしたい」という、ひろたっての希望だった。

そして、開宴。

ひろの手にはピンクや薄いブルー、カスミソウをちりばめたとっておきのブーケが握られていた。白のドレスにとても映えていたと思う。ふたりでお辞儀をしたあとに、テーブルを縫って歩いていく。

「おめでとう！」

「すごいきれい！」

祝福の声が飛び交う。ひろの家族、同級生、恩師、そして、僕の家族、友人、同僚、みんな笑顔だ。


ある同僚議員が「前田がこんなに笑顔なのをはじめて見たよ」というと、「普段顔が怒ってるみたいだもんね」「一生分の笑顔出し尽くしたんじゃない？」と他の同僚議員が続ける。

確かにそういわれて、僕自身、こんなに笑っているのは人生ではじめてかもしれないと思った。


披露宴の最後は、ひろが手紙を読んだ。

「皆さま、本日は……」

そういって、のっけからいきなり声をつまらせるひろ。僕は彼女の背中に手をやり、サポートした。

「本日はお忙しいところ、私たちの結婚式にご列席いただきありがとうございます。

私は昨日まで不安と焦りでいっぱいでした。いまだにとっても緊張しています。それは今回の結婚式に対する思い入れが大きすぎるためです。


母はよく、ひろは今生きているだけ奇跡、といいます。

私もそう思います。

それはドラマチックな大きな奇跡というよりは、ごく日常に溢れている愛情、心配、関心がつながった小さな奇跡。

その小さな奇跡たちがつながって、今の私を作っています。

今日までの人生、すべてに意味がありました。

かけがえのない、奇跡の連続です。


10歳まで中国で育った私は、世界の大きさや不公平さを知りました。

祖父母に愛情がどういうものかを教わりました。

女学院で、恩師と同級生に出会い、たくさんのたくさんの愛情をもらいました。

がんになった私のためにお守りとして神社の枝をもらってきてくれた方。

私の脱毛に合わせて丸坊主にしてくれた方。

おいしいもので私を喜ばせようとしてくれた方。

デザートプレートに書かれていた『グッドラック』の文字。

がんになって、ひとりで生きるって、とっても難しいと実感しました。


たくさんの人に救われながら、助けてもらいながら、みんなとの出会いのどれをとっても、ひとつひとつが自分の人生の大切なシーンです。

新たな治療をしてくれる医師のところにはじめて訪れたとき、『もうすでにたくさんの人からあなたを助けるように電話やメールが来ている』と告げられました。

私が知らないところでも、いろんな形で周りの人が動いてくれていたことに胸が熱くなりました。

今日までたくさんの願い、心配、愛情、努力、そして祈りをありがとうございます。

皆さんのおかげで、今、私はここに立つことができています。

お母さん、私を産んで、育ててくれてありがとうございます。
私を救ってくれたすべての方に感謝しています。
本当に本当に、ありがとうございます。
出会ってくれて、ありがとうございます。
愛情をくれて、ありがとうございます。
祈ってくれて、ありがとうございます。
努力してくれて、ありがとうございます。
これからの人生、皆さんに恩返ししていきたいと思います。
本日は本当に、ありがとうございました」

僕とひろの結婚式は、とても温かな拍手に包まれて、幕を閉じた。

第三章

新婚、体の異変

結婚しても変わらなかったこと

僕らは、一緒にいればいるほど、どんどん仲良くなった。何かを伝えようとすると、少し話しただけで通じてしまう。まさに「一心同体」という言葉通りに溶け合っていくような関係だった。

新婚生活においても、ひろと僕は家にいる間はずっと一緒。つねに肌が触れ合う距離にいた。

これは、僕がひろと同棲生活をはじめた2014年以降変わらない。

ひろはしっかりしている反面、さびしがり屋なところのある女の子だった。家の中では僕が行くところについてこようとするだけでなく、彼女が行くところにも僕を連れて行こうとする。

「トモ！　歯磨きするよ！」

そういって、僕はひろに連れられて、洗面台で並んで歯磨きをする。

「トモ！　お風呂に入るよ！」

そういわれたら、一緒にお風呂に入った。

どこに行っても一緒だが、変なところにまでついてこようとするのには困った。なんと、僕がトイレに立つとついてきて、扉を開けて覗こうとするのだ。

これが毎日、これが僕らの日常である。

結婚式を挙げてからしばらくの間、ひろの体調は好調だった。

2017年の8月5日には、淀川の花火大会に行った。場所は、花火を見るのに絶好の位置にあった、親友の博司のマンションである。毎年、10人くらいが集まるホームパーティーのような感じで、リビングから花火を見るのが僕の夏の恒例行事だった。この年は、そこにひろの顔が加わった。

当初こそ、ひろとの付き合いを反対した博司だったが、僕らが真剣に付き合っていることを知ると、交際を応援してくれ、結婚式にも出てくれた。ひろも博司も誰とでも仲良くなれる人柄だったので、ふたりはすっかり打ち解けていた。

僕が仕事で忙しかったとき、ひろの気晴らしにでもなればと、博司が好きな宝塚歌劇団の舞台に「男ひとりだと行きづらいから」といって、連れ出してくれたこともあった。

その日の最高気温は36・5度という猛暑日。夜になっても、気温はそれほど下がらなかった。涼しい室内で花火を見られるのは、ひろの体調のことを考えてもありがたかった。

大阪の夜空と川面が、豪華絢爛な花火の光で鮮やかに染められる。幻想的な絶景にはしゃぐひろの瞳も、同じくらいキラキラしていた。

僕の人生とひろの人生が重なり合って、ひとりでは味わえなかった日常が紡がれていく。ふたりで生きる、変わらない日常がいつまでも続けばいい。

熱帯夜に溶けて消えていく花火を眺めながら、僕はそんなことを願っていた。

結婚して変わったこと

結婚して唯一、明確に変わったことは、ひろの名字である。山下弘子は前田弘子となったのだ。

僕はもともと、結婚相手に自分と同じ名字になってほしいという思いはまったくなかった。だから、僕らの結婚も、事実上の夫婦別姓だって別にかまわなかった。

一方、ひろは、違う価値観を持っていた。

「山下から前田姓に変えたら、運命が変わって、がんもなくなるかも」

そう、楽しそうにつぶやいていた。


実際、2017年5月に婚姻届を提出してからは、レストランや病院の受付などで「前田さま」と呼ばれると、満面の笑みで返事をしていた。「マエダサマ」という5文字のフレーズで呼ばれることが、よっぽどお気に入りだったようだ。

もうひとつ意外だったのは、結婚後、ひろが僕の仕事をサポートしたがったことだ。僕は「ひろのためにも、仕事をして、社会とつながりを持ち続けるほうがいい」と勧めたのだが、ひろは「私はトモを支える側に回るの」と口をとがらせた。そして、堂々とこう聞いてくる。

「で、政治家の妻って何するの?」

僕は「何するんやろな。俺もよくわかんない（笑）。でも、ひろのまま、自然体でいいんじゃないかな」と答えていた。

がんの治療のせいで、2回休学届けを出していたひろは、2014年9月に大学を中退することになった。当時、彼女は、いわゆる大学を卒業して会社に就職するという、一般的なキャリアパスを失ったことに相当悩んでいた。

悩む気持ちは理解できたが、僕は人それぞれの生き方があること、会社を作ることだってできること、株の運用でお金を稼ぐこともできることなど、大学を卒業し、新卒で就職するキャリアパスだけが人生ではないことを強く伝えた。

それは、決してその場しのぎの言葉ではなく、政治家になる前に投資会社で働いていたときに、さまざまな形の成功を見てきたからいえることだった。

ひろは頭がよく、発想力も非常に豊かだったから、僕の裏方に回るのはもったいないと思った。実際、講演活動やメディアを通して出会った人によって、いろんなことをグングン吸収していった。

ある日、リビングでゲームをしながら寝転んでいたひろが、唐突にいった。

「ねえ、がんについての啓発とか、お医者さんで治療にイノベーションを起こした人を表彰することってできないかな？」

僕は仕事の資料をいったんわきに置いて、ひろに目を向けた。

「それ、どういうこと？」

「がん患者でがん治療の社会的なイメージを向上させた人とか、新しい抗がん剤を開発した人とか。……そういう人たちを表彰して、モチベーションを高めたいの。名付けて、キャンサーアワード！　他にも、クレジットカード会社と提携して、ポイントを寄付したりできる仕組みを作ったりね。そういうこと、できないかな？」

ひろの表情は真剣だ。僕は思わず、「それ、面白いやん！」と叫んでいた。

僕と同じくらいの年齢なら、こういったことを考えられる人もいるかもしれない。しかし、ひろはまだ20代前半だ。しかも、自分自身が闘病中にもかかわらず、他人のことまで考えている。素直に「こいつ、すごいな」と感じ入った。

がんになった人々やその家族・友人を支援する非営利団体「マギーズ東京」や、治験・臨床試験を中心とする、がん医療情報を発信するサイト「オンコロ」などの存在を知ったことが、ひとつのきっかけになったという。

ふたりでご飯を食べているときなど、こういったアイデアを、ひろは口にすることが多々あった。

こんな様子だったから、僕にとって、結婚後の彼女の心境の変化は予想外だった。それに、政治家の妻というが、僕なんかよりもひろのほうがよっぽど政治家に向いている。そのことをひろに伝えると、「私は家でのほほんとしてるのがいいの」と笑って打診を断られた。

それでも僕は、結婚してからも「ひろにしかできないことがある。どんなに時間がかかってもいいからやりたいことを見つけて」と再三いっていた。

ただ、少し気になることもあった。

結婚を決める前に下がっていたがんマーカーの数値が、再び上がりはじめていたのだ。

がんマーカーの数字

抗がん剤を投与したり手術をしたりすれば一気に下がっていたがんマーカーの数字。しかし、２０１６年末にがんの骨転移が発覚して以降、手術を受けても、数字が下がりにくくなっていた。

そして、２０１７年後半からは、がんマーカーの数字は10万を超えるときもあった。

しかし、この重たい数字も、僕らは笑いにすることにしていた。

「なんかドラゴンボールの戦闘力の世界やな」

「私、フリーザ級かな？」

そんなふうに軽口をたたき合う。それでも、ひろも僕も心中は穏やかではなかった。がんマーカーの高い数字は、僕たちの心にじわじわと焦りや恐怖の波紋を広げた。

もちろん、数値だけでなくＣＴ・ＭＲＩなどの画像検診と併せて判断する必要がある。しかし、実際は冷静になりきれない。どんなに明るくいようとつとめても、数字に過敏に反応してしまうことは、ひろにも僕にもあった。

ただ、病と直接闘っているひろ本人はともかく、近くにいる僕までがんマーカーの数字に一喜一憂するのはよくない。

数値が下がったときはいいが、上昇した場合、どうリアクションをとっていいかが難しくなってしまうからだ。これは、がん患者の周りにいる人にとっては、共通する大きな悩みのひとつだと思う。

だから、ひろと過ごすようになってから、彼女のがんマーカーが半減するような結果が出ても、僕は「そうなんだ、ふーん」とポーカーフェイスを装うようにしていた。こうしていれば、がんマーカーが上昇するような結果が出ても、同じように平静を装える。

しかし、ひろにとっては、そんな僕の反応を見るのは、面白いことではなかった。「数字が上がっているんだよ？　心配にならないの？」

悪い結果が出たときは、僕のあっさりした反応を見て、こんなふうにむくれながら詰め寄られることもあった。

一方で、いい結果のときも、「もっと喜んでくれたっていいじゃん！」といわれてしまう。

僕だって心のうちでは、さまざまな思いが暴れ回っていた。

悪い結果のときは、「これはまずい。抗がん剤が効かなかったのかも。次の対策、薬を見つけなければ」と不安でいっぱいになった。そんなときは、ひろに隠れて、ネットで少しでも有用な情報がないかと血眼《ちまなこ》になって探していた。

ポーカーフェイスに自信のある僕は、この隠密行動も知られていないと思っていたが、ひろは僕のパソコンの検索履歴を見ていたらしい。2017年8月、メディアの取材をふたりで受けているときに、バレていることが判明した。

その取材の帰り道。セミがうるさく鳴いている夕闇を歩いているときだった。

「トモさ、ちゃんと心配して調べてくれていたんだね。ありがと」

喜びと愛情がにじんだ声が、左の耳に入ってくる。

僕は照れ臭いような嬉しいような気分だった。

「次からはバレないように、もっとこっそり調べるわ」

「なんで！　もっとわかりやすく気持ちを出してくれたっていいのに」

「ポーカーフェイスが俺の魅力やからな」

「そんなの、1回も思ったことないよ」

笑い合う僕たち。ふと、道端を見ると、鳴くことをやめたセミが、ひっそりとその命を終えようとしていた。

僕はその姿から目をそらした。有り余っている僕の元気が、少しでもひろに流れ込めばいいのに。そんな気持ちで、つないでいたひろの手をギュッと握った。ひろの小さな手のひらが、それに応えるように握り返してきた。

真夜中の咳

ひろは2013年4月にがんが肺へ転移していて以降、日常的に咳に苦しめられていた。そしてこの咳は、がんマーカーの高まりとともに、ひどくなっていった。

ひろの肺にあるがんは、それ自体は小さいものの、肺じゅうに散らばっている。数えることができるものだけで20近くあった。さらに、見えないレベルの大きさのものを含めると、もはや無数である。

そのがんが暴れると、咳となって彼女を苦しめるのだ。ひろは咳が出はじめると、喉を傷めないよう、飴を口の中で転がしていた。それでも続いてしまうと、腹筋が筋肉痛になったり、お腹がつったりしてしまうことがあった。

僕がつったことのある場所は、せいぜいふくらはぎや足の指である。足でも痛いのに、お腹がつるなんて……。ひろはどれほどの痛みを感じていたのだろうか。

咳は、夜間も明け方も関係ない。ただ、起きたばかりのときよりも、夜になってからのほうが、症状が強く出る。そのせいで眠れない夜も多かった。

2017年8月のある朝方のこと。

ひろの咳き込む音で僕は目を覚ました。ベッド横のサイドテーブルに置いてある時計を見ると、針は5時を指している。

振り返ると、僕に背中を向けて激しい咳をしているひろがいる。ふたりに掛かっていた布団が咳き込むたびに大きく揺れ、僕とひろの体の隙間にエアコンの冷たい風が吹き込んだ。

声をかけようと思ったが、返事をすることも苦しそうだ。僕は黙って、その小さな背中をさすった。

「トモ……起きてたの？」

背中越しに、ささやくような声でひろがいう。

「うん、起きてるよ」

「さっきまですやすや寝てたのにね……。こんな顔をしてるんだなって、ニヤニヤしながらトモの顔、見ていたんだよね」

僕が起きる前に、間の抜けた睡眠中の顔をじっと見られていたかと思うと、少し恥ずかしい。「なんや、それ」と僕は返した。

「いつも……ありがとうね。咳や痛みが激しいとき、いつの間にか周りに水を置いてくれたり、薬を用意してくれたり、背中さすってくれたり……。当たり前のことになってたけど、すごくありがたいよ」

やさしいひろの言葉。僕は嬉しくなるのと同時に恥ずかしくなってしまって、黙ってひろの背中をさすり続けた。

口からポロリと出たもの

僕とひろが新居で暮らしはじめた2016年4月頃。ひろが咳をすると、時折、血が混じるようになった。

喀血である。

ティッシュを口に当てて咳を受け止めると、白いティッシュが徐々に赤く染まっていく。替えたティッシュもすぐに赤く染まり、リビングのゴミ箱は、血で染まったティッシュでいっぱいになっていた。

驚いたのが、喀血とともにあるものが口からポロリと出たことだ。はじめてそれを見たのは、２０１６年８月のことだった。

「トモ！　見て！　なんか変なのが口から出てきた！」

慌ててひろが手に持ったティッシュを覗き込む。その「なんか」の見た目は、数センチの黒い肉片で、グロテスクで気持ち悪いものだった。

「なんやこれ？」

僕もびっくりして、すぐにひろのかかりつけの担当医に電話をする。午後の診療時間だったが、たまたま手が空いていたようで、そのまま話を聞いてくれた。

「あぁ、それはきっとがんですね。抗がん剤によってがんが壊死すると、咳で排出されることがあるんです。検体するから、冷凍して今度持ってきてくださいね」

ずいぶんあっけらかんとした返答である。「がん＝体内の奥深くにあるもの」と思っていたので、まさか口から出てくるとは思わなかった。ひろも同じ気持ちだったようで、「えー！　がんって口からも出るんや」と驚いている。僕は「すごいなひろ。でも、いい兆候でよかったやん」と笑顔を見せた。

ひろのがんは切除手術ができなかったため、薬物療法をしていた。

このときは、関西国際空港の近くにあるＩＧＴクリニックというところで、がんに栄養補給する血管を通じて直接抗がん剤を注入し、さらに血管に蓋をする動脈塞栓術という方法で治療を受けていた。この治療法が効いていたようだ。

「治療が効いている結果なんだね」

不安な気持ちがやわらぎ、僕らは徐々に落ち着きを取り戻した。

「このまま私の体内から口からなくなるまで、口からがんを出せたらいいのに！」

「そうやな。咳するのしんどいもんな。それくらいのご褒美があったってええな」

喀血の頻度は、２０１７年の夏が終わる頃に、加速度を増していった。

「生きてさえいてくれればいい」

いつもは明るく前向きなひろだったが、体調の悪さから、精神的に不安定になることがまれにあった。そういった気持ちを素直に打ち明けられたひとりに、ひろが「東京の姉」と慕っていた報道記者の鈴木《すずき》美穂《みほ》さんがいる。自身も24歳のときに乳がんを発症した鈴木さんは、ひろの苦しみに心から寄り添ってくれる存在だった。

しかし、近しい関係ゆえに、ひろは鈴木さんの言葉を誤解してしまうことや、「どうして美穂さんのがんは治るのに、私のは治らないの！」と、どうにもならない思いをぶつけてしまうことがあった。

ある日、こんなことが起こった。

「なによ、これ!!」

我が家のリビングで寝転がりながら、女性向けの雑誌を読んでいたひろが、突然怒声をあげた。

隣で仕事をしていた僕は、思わずひろを見た。

「どうしたの？」

「……さえいてくれればいいって」

「え？」

「生きてさえいてくれればいい、って書いてある!!」

ひろが、手に持っていた女性誌を黙って突きだす。その目には怒りのあまり涙が浮かび、雑誌を持つ手はかすかに震えていた。

それは、鈴木さんが乳がんを発症してから結婚に至るまでのインタビュー記事だった。

見出しに大きな文字で書かれている「生きてさえいてくれればいい」という言葉は、鈴木さんに乳がんの再発の恐れがあったとき、パートナーが彼女にかけた言葉だという。

この記事を読んでも、僕にはひろがキレている理由がよくわからなかった。いったい何がいけないんだろうと戸惑っていると、ひろが矢継ぎ早にまくしたてる。

「こういう言葉は、ほとんど治っている患者がいっていいものじゃない！　私みたいな、いつ死んでもおかしくないような人が使う言葉でしょ！」

普段の穏やかな様子からはかけ離れて、頭に血が上っている。僕はポカンとその様子を眺めていた。

しばらくすると、ひろの大きな目から、大粒の涙がポロポロ流れていった。怒りは去り、悲しみだけが彼女を満たしていく。

「トモがさ、よく『生きてさえいてくれればいい』っていってくれるでしょ」

確かに、僕はひろによくそう伝えていた。心の底から願う唯一の望みだからだ。

「そういわれるたび、トモはどんな気持ちでいってくれているんだろうって思うの。だから、この言葉は私たちにとって、本当に大切な言葉なの」

いつも前を向いて明るく生きているひろ。でも、いつ死がその生を奪っていくかわからない。あらためて、僕には想像がつかないくらいの苦しみを、ひろがつねに背負っていることに気づいた。

ひろがよくいう「生きているだけで幸せを感じる」という言葉の本当の重みを、僕はこのとき、ひろが流した涙で知った。

流れ続けるひろの涙を指でぬぐい、抱きしめる。

僕はひろの呼吸が、ひろの鼓動が、そのすべてが尊く愛おしかった。

体調の悪化

その後、鈴木さんと直接話すことで、「読んだ瞬間はトモの言葉を取られた気がしたけど、美穂さんたちにとっても大切な言葉だった」と納得したひろ。自分が誤解していたことを謝ると、心が落ち着いたのだろう、いつもの前向きさを取り戻していった。

しかし、2017年10月を迎えると、目に見えてひろの体調は悪化していった。

それまではたまの不調を除けば、健康な人と変わらなかったひろが、どんどん病人のように変わっていった。

胸を刺すような痛みが出たり、甲状腺機能が低下してだるさや吐き気が止まらなくなったり、細かい不調も増えていった。それまではせいぜい月1くらいの頻度でしか出なかった症状が、2〜3週間に一度は出るようになっていった。

また、喀血の回数だけでなく、その際の血の量や、痛みの強さも増していた。

効果的な手段も、どんどん少なくなっていった。それまでは手術をしたら、危ない領域に達しかけていたがんマーカーが一気に数分の1まで改善されていたが、その頃には術後もあまり、数値や症状が改善されなくなっていた。

しかし、数値が下がらないからといって、手術をしないわけにはいかない。効果が出なくなったからこそ、手術の間隔は徐々に短くなっていく。

動脈塞栓術の手術もそうだ。当初は1年に1回受けていたものだったが、それが半年に一度、3ヵ月に一度と頻度が増していった。

特につらかったのは痛みだ。

2017年の秋頃から、心膜に転移しているがんが神経に当たるようで、ひろは時折、絶叫するような痛みに見舞われた。

「いたぁーい!!」

ベッドで一緒に寝ていたひろが、急にあらん限りの声を振り絞った。驚いて起きる。

「どうしたの?」

「ナイフで……胸をグサグサと刺されている感じ……。今までとちょっと違う痛み……」

息も絶えだえにいう。呼吸すらしにくくなるほどの激痛にひろは耐えていた。

そのような激痛は10分程度で治まることが多かったが、医者でもない僕には、目の前で苦しむひろをどうにもすることができない。僕は黙って手を握り、僕の手のひらにハンドパワーがあればいいのに。少しでも楽になればいいのに。そんな思いを抱きながら、少しでもひろが楽になるように体をさすった。

痛みは咳と同様、夜間にひどくなることが多かったので、僕はこの頃、夜を迎えることが少し怖かった。

「また、痛みが出ませんように。今日はひろがぐっすり眠れますように」

そう願うのが日課になっていた。

自分ひとりではできない

この頃から、ひろは、食べることも、歩くことも、少しずつできなくなっていった。いつも一緒に入っていたお風呂も、自分の力だけでは浴槽をまたげなくなってくる。滑ったり転んだりすると危ないから、湯船の出入りは僕が支えて介助していた。

もしかすると、もう少しで「そういうとき」が来てしまうのかもしれない。そんな不安が頭をよぎる。

一方で、それまで付き合ってきた4年間でも「これはまずいかもしれない」というときは何度かあった。今、調子がよくなくてもそのうちよくなる。そんな希望を抱いていた。

しかし、そんな希望をあざ笑うかのように、彼女は弱っていった。ついには、30分以上歩くとしんどさを訴えるようになった。

出会った頃のひろは、一緒に美術館や博物館に行くと、何時間でも立ちっぱなしが平気で、先に僕のほうがバテてしまうくらいだった。それが今や、車椅子を借りなければならない。

元気が当たり前だったひろにとって、それはとてもショックなことだったようだ。

「私、車椅子に乗るのがいちばん嫌！」

僕が車椅子を借りてくると、ひろはよくそういった。

「でもさ、車椅子を使ったほうが、長く見ていられるし、もっと遠くまで行けるよ」

「嫌なものは嫌！　これだと、本当に病人みたいなんだもん……」

車椅子に乗ると、自分ががん患者であることが、どんどん体が弱っているということが、五感を通してまざまざとわかってしまう。

〝がんでも幸せ〟を探すことが上手なひろでも、こればかりはお手上げだった。

失われた「人生のフルコース」

体が弱り、気を落とすひろに、2017年秋、追い討ちをかけるような出来事が起きた。

家のソファでゴロゴロしているとき、ひろがぽつりとつぶやいた。

「私は子どもが産めないみたい」

僕に向けての言葉なのだろうが、まるでひとり言のように続ける。

「欲しかったなぁ。人生のフルコース、結婚の次は子どもだったのに」

僕は、とうとうこの日が来たか、と思った。

ひろはがん治療のために、現代の医療技術では子どもを産めない体になっていた。

しかし、彼女がその事実をようやく知ったのは、治療をはじめてから5年近く経過してのことだった。

子宮近くに放射線を当てる際、彼女が自ら卵子凍結の必要性を聞くまで、医師から説明を受けていなかったのだ。がん治療で化学療法や放射線治療を行うと、生殖機能が落ちてしまい、治療によっては、生殖機能が完全になくなってしまう。いわゆる、妊孕性《にんようせい》（妊娠のしやすさ）の消失だ。

そのため、将来妊娠・出産を考える場合には、術前の精子・卵子を凍結保存して、妊孕性を確保することが必要となるのだ。

しかし、40歳未満の妊孕性消失リスクを有するすべての患者に告知と処置のガイドラインが示されたのは、２０１７年の夏である。ひろが治療を受けはじめていた２０１２年は、まだ示されていなかった。


僕はといえば、抗がん剤をたくさん使う治療をするわけだから、影響は少なからずあるだろうと思って、彼女の妊娠が難しいことはずいぶん前から予想していた。

しかし、それでも僕は構わなかった。

僕のもともとの考えは、「結婚はしなくても子どもは欲しい」というものだったが、ひろとの出会いで、その考えは真逆になった。

「ひろといたいから結婚する。子どもはいなくていい」

しかし、ひろは違ったみたいだ。旅行に行く以外、これといった物欲もなければ、出世欲、名誉欲もない。そんな彼女がただひとつ欲しがったのは、普通の幸せだった。ひろはそれを「人生のフルコース」と呼んだ。

「好きな人と結婚して、好きな人の子どもを産んで、年老いて、孫ができて。そんな人生のフルコースを味わいたい！」

これが彼女のささやかな夢だった。

だからこそ、自分が知らない間に「人生のフルコース」が途中で終わってしまったことは、余計にショックだったようだ。

妊娠できないことを知ってから、治療の副作用による嘔吐が激しいとき、ひろは「つわりってこんな感じかな？」と妊娠を疑似体験したつもりになって喜んでいた。でも、すぐあとに「あっ、私、子どもができないんだった」と落ち込む。

また、ひろはペットを飼いたいと度々口にするようになった。ビションフリーゼという、白くてモコモコした犬を飼いたがっていた。

人とペットは別物であるが、産めなくなった子どもの代わりにペットを求める代償行為として表れていたのだと思う。加えて、養子縁組の制度についても、調べて口にすることもあった。

世界でいちばん偉大で素敵で最強な人

好きな人と結婚して、好きな人の子どもを産む。

ひろがそんな「人生のフルコース」を夢見るようになったのは、母親の影響が大きいと思う。

親の仕事の関係で、ひろは10歳まで祖父母の元で育った。離れて暮らしていたからこそ、母に対するひろの思いはとても強い。

ひろは自分の母が大好きで、憧れでもあった。

あるときは、急に携帯の写メを見せてきて、母親の自慢を僕にしてくる。

「トモ！　見て！　お母さんきれいでしょ？　昔からモッテモテだったんだから」

ひろの母は確かにきれいだ。しかし、妻からそういわれても、僕は「そうなんだ」

としかいえない。

「プロポーズもいっぱいされたんだって！　ねえ、きれいでしょ？」

僕はひろの問いかけには答えず、「そうだね〜」とたんたんと返す。

「それだけ!?　もっと他にコメントないの？」

「ヨーロッパ系の血も入ってそうだよね」

「そうなの。大昔のギリシャかどっかにルーツがあるらしいよ。ねえ、きれいでしょ？」

しつこく同意を求めてくる。……これは、何が目的だというのだろう。しばらく考えて、

「親子そっくりだよね。ひろは母親似だと思う」

「でしょでしょ！　そうでしょ」

これが正解だったらしい。

大好きなお母さんと似ているのが誇らしい。そんな表情だった。

ひろはつねに、母親のことを「世界でいちばん偉大で素敵で最強。これまでの人生を、お母さんとともに歩むことができてとても幸せ」といっていた。

僕から見ても、ふたりはすごくいい母娘関係だった。

ひろの母親は、ひろの行動にはほとんど口出ししない。ただ、ひたすら一歩引いて、やさしく見守る。しかし、ひろが助けを求めたら、すぐにサポートに入る。

ひろと13歳離れた中学生の双子と、その1つ下にいる子を育てながら、自身で会社の経営もしている。それに加えて、ひろの通院や看病にも全力。

いったい、いつ寝ているのだろうと思うくらい、ひろの母親の愛は偉大だった。


そんな母に、ひろもとても感謝していた。

「お母さんを悲しませるのが、いちばんつらい」というのはひろの口癖でもあった。とにかく、母親の幸せを、母親が笑顔になることを求めていた。

「お母さん、心配させちゃうから」

そういって、体に痛みがあっても、そして不安を抱えていても、できるだけ母の前では見せないようにしていたのだ。

それくらい母親のことが大好きだったから、自分も母親みたいな「お母さん」になりたいと願うようになったのだと思う。

ひろの思い描く理想の人生には、「孫」の存在も入っていた。だからこそ、自分が子どもを産めば、母親に「人生のフルコース」を味わってもらえるということも意識していたのだろう。

ハネムーンはハワイで

2017年後半はひろの体調が悪くなった時期だったが、つらいことばかりではなかった。僕らふたりが楽しみにしていた新婚旅行という一大イベントもあったのだ。結婚してから半年ほど経っていたが、2017年の年末から2018年の年始にかけて、僕たちは再びハワイへと飛び立った。

旅行は僕とひろの共通の趣味であり、ひろにとってはつらい治療を乗り越えた先に待つご褒美という意味合いもあった。一緒にダイビングをしたメキシコ、ドレスアップをして観劇したニューヨーク、オーロラがきれいだったアイスランド。旅先を決めるとき、いつも彼女がしたいこと、やりたいことが優先だった。

しかし、今回は、ひろの体調をいちばんに考えることとなった。

現地の医療レベルが高く、都市間を飛びまわるような旅ではなく、ホテルに滞在していても楽しめるところ。それからひろの「また行ってみたい」というリクエストもあり、再び思い出の地に足を踏み入れることになったのだ。

ハワイに到着したのは、2017年のクリスマス・イブ。

宿泊先は部屋からビーチが間近に見えるシェラトン・ワイキキのホテル。新婚旅行ということで、「コスパ重視の説教ジジイ」な僕も、さすがに今回はケチケチせずに奮発した。

ホテルに着き、広いロビーを見るやいなや、ひろのテンションは最高潮。

「こんなところ、泊まったことない！」

普段、格安ホテルに慣れている僕らは、長いフロントやホテル内にいくつも並ぶエレベーターにすら、いちいち興奮する。

しかも、部屋のドアを開けて見ると、ベッドには色鮮やかな赤い花びらがハート型に散らしてあった。ハネムーンだと伝えていたので、サービスしてくれたのだ。

「うわあああああー、すごーい！」

ひろはそういって、携帯で写真を撮りながらはしゃいでいた。

しかし、テンションこそ高いものの、2013年に訪れたハワイ旅行のときとは比べ物にならないほど、ひろの体調は悪くなっていた。

ハワイに到着した直後こそそれなりに元気だったものの、夕方には腕や上半身に赤い斑点ができてしまった。

ひろは抗がん剤をはじめてから体質が変化したようで、海外に行くと日光アレルギーの症状が出ることがこれまでにもあった。今回もそうだと思い様子を見ていたのだが、2日目の日中を室内で過ごしていても、症状は一向によくならない。それどころか、赤みが増して、どんどん酷くなってくる。

この頃ひろは、オプジーボとレンビマの併用医療の治験を受けていた。つまり、薬疹である可能性もあったのだ。ネクサバールによる薬疹のつらい経験や、生命の危機すらあるスティーブンス・ジョンソン症候群の可能性を考えると、油断はできない。

保険会社に連絡を入れて、急きょ、日本人の医者に診てもらうことになった。

医療事情を考慮して本当に良かったと思う。日本人の旅行客が多いハワイには、日本人医師が多い。日本から持ってきたカルテを医師に渡したあとに診てもらうと、薬疹ではなく日光アレルギーが出ただけということがわかる。

これまでのひろの事情を知った医師は、薬の処方とともに、「よく頑張ってますね」と励ましの言葉もくれた。今回の症状が大事に至らないということに安心するとともに、温かな思いやりに不安な気持ちが安らいでいった。

3日目は日が落ちてからワイキキ通りを散歩する程度、4日目にハワイ最大のショッピングモール・アラモアナをぶらっとし、5日目はKCCファーマーズマーケットへ行った。行く場所は比較的ホテルの近くにし、こまめに休憩をとりにホテルへ戻った。

最終日にホテルで休んでいると、ベッドに横たわっていたひろがこちらを向き、「ごめんね」といってきた。

「トモ、もっと観光したいでしょ？　私はホテルで待っているから、どこか行ってきていいよ」

体調が悪いのに、こちらを気遣ってくる。

「そんなことないよ。まったりした旅行もいつかしてみたいって、前からいってたでしょ」

「私が体弱いからこんなになっちゃって、ごめんね……」

僕は首を横に振った。

「ひろと一緒にいるほうが楽しいからな」

好きな人と一緒にのんびりする時間は、もっとも贅沢な過ごし方だと思っていたし、何より、ひろと一緒にいられればそれでよかった。


弱々しい笑顔を見せるひろの体を起こし、一緒にホテルのベランダに出る。

外は、ちょうど陽が傾きかけ、大きくて赤い夕日が海の向こうの地平線に沈み込むときだった。

僕とひろは黙ってそれを見ていた。前回のハワイ旅行で4人で見た虹も素晴らしいものだったが、この最終日にひろとふたりで見た夕日も、切なくなるくらいに美しかった。


そしてこれが、僕とひろの最後の旅行となった。

第四章

入院、永遠の別れ

色とりどりの花に囲まれて

止まらない喀血

２０１８年の元旦に、僕たちはハワイから日本へと帰ってきた。

晴れてこそいるものの、暖かかったハワイと比べて、やはり日本は寒い。

ハワイ旅行を終えて、ひろは体はともかく心は元気といった様子。僕は、このまま良くなることを願っていた。


１月３日。

昼は元気だったのに、夜から咳が酷くなっていったひろは、喀血が止まらなくなった。

咳と一緒に、ドバッと血が吐き出される。そのときひろが吐き出した血は、コップ１杯分にもなった。喀血が止まらないと命の危険につながる。主治医からは喀血が多めに出たり、止まらなくなったりしたら、すぐに救急車を呼ぶようにいわれていた。

「ひろ、救急車呼ぶね」

主治医にも連絡を取っておいたが、症状からすると、遠方の近畿大学医学部附属病院より近場の病院に行ったほうがよさそうだ。ひろに声をかけてから、僕はスマホを取り出して、119番を押した。

ハワイに行く直前の年末にも、喀血が止まらなくなって救急車を呼んだことがあった。具合の悪くなる間隔が短くなっているのかもしれない。

電話に出てくれた救急隊員に、手早くひろの状態を伝える。

到着を待っている間じゅう、つらそうな嗚咽が部屋に響く。窓の外を見ると、パラパラと雪が降っていた。

ひろの吐いた真っ赤な血と、外を白く染める雪。

救急車が来るまでの時間が、とても長く感じた。

ひろは神戸市立医療センター中央市民病院の救急医療センターに運び込まれた。

正月にもかかわらず、救急病棟は患者で溢れていた。その慌ただしさを遠くに感じながら、隔離された室内のベッドに横たえられたひろに、ペタペタと血圧や酸素濃度などを測る機械・チューブが張り付けられていく。

救急病院の医師は検査結果を見て、このまま入院して、動脈塞栓術の手術をしたほうがいいと提案してくれたが、ひろは首を縦に振らなかった。

「塞栓術ならいつもお願いしている病院がいいです。症例数も豊富だし、私の血管を熟知しているので」

ひとえに血管といっても、それなりに個人差がある。手術をするときも、本来は血管ごとの個人差を知っている医師がやったほうがいい。

「では、点滴で出血抑制剤を投与してしばらく様子を見てみましょう」

幸いなことに出血止めで喀血も止まり容体が安定したために、緊急手術は延期に。動脈塞栓術でお世話になってきたＩＧＴクリニックで、10日後の1月13日に手術をすることになった。

祈りが届いて

1月13日。

予定通りに行われた手術は、無事に終了した。

ここ半年、がんマーカーが高止まりしていたので、僕は気が気でなかった。手術の間じゅう、無意識にこぶしを強く握りしめていたのだろう。終わってから気づいたが、手のひらに爪のあとが深くついていた。

ひろが受けた動脈塞栓術は、太ももの付け根から痛覚のない血管内をカテーテルが通り、がんを直接攻撃する治療だ。メスで体を開いたりしないため、痛みも少なく、術後3時間くらいすると、ひろはひとりで歩けるくらいになっていた。

しかし、このときのひろの術後の痛みは、それまでより酷いようだった。

「薬がよく効いて反応しているんだよね、きっと」

遠くに関西国際空港が見える病室のベッドで横になるひろが、祈るようにいう。

「そうやな。バッチリ効いてるよ」

僕も重ねて祈るように応えた。

そんな僕たちの祈りが届いたのだろうか。退院してしばらくの間、痛みに苦しむときもあったものの、ひろの体調は上昇線を描いた。ただ、自由に外出できるほどは回復せず、自宅でゲームソフトの「モンスターハンター」など、数々のゲームをやり込んでいた。

これまでは一般的な痛み止めを処方されていたが、手術後はそれでは効かず医療用麻薬のオキシコンチンを服用していた。しかし、手術から約1ヵ月が経った2月中旬、それを飲まなくても痛みがなくなったようだった。

「塞栓術が効いたのかな？　なんか体調よくなってきたよ！」

ちょうどひろが投薬を受けていた治験中の抗がん剤・レンビマとオプジーボの併用療法についての論文が発表され、非常に良好な結果が報告されていた頃だ。２０１７年からひろの体調悪化により、気落ちすることの多かった我が家に、大きな明るいニュースが訪れた。

とはいえ、手術後も自宅で安静にしておく必要があった。

僕のほうも、２月に入ってから始まった議会で大忙しで、家と県庁の往復のみの毎日。そういった事情もあり、「４月になって暖かくなったら、どこかに行こう」とふたりで決めていた。

LINEの既読マーク

２月24日。

ひろの調子が戻ってきたこともあり、僕らは家の近くにあるお気に入りの和食屋さんに行った。

大きなのどぐろ定食を注文したひろは、とても幸せそうだった。久しぶりの外出が嬉しかったのか、ツイッターにも「食べ過ぎて胃がはちきれそう」と写真つきでツイートしている。

笑顔でご飯をほおばる姿は連日議会でくたくたになっている僕にとっても、大きな癒しだった。

食欲も戻り、体調が徐々に復活している。このままいけば、4月にはまた海外に行けるかもしれない。そんな希望を抱くくらい、元気だった。

2月27日。

僕はこの日、新神戸駅でひろの帰りを待っていた。なんとひろは、前日から京都に1泊旅行に行っていた。

体調がすっかりよくなっていたので、以前から慕っているエッセイストの鳥居りんこさんの取材旅行に同行していたのだ。

駐車場で待っていると、いつもの赤いスーツケースを転がしながら、ひろが軽やかな足取りで近づいてくる。僕が荷物を受け取ると、上機嫌で助手席に乗り込む。

「遊びすぎて疲れちゃった〜。すごい筋肉痛かも」

よっぽど楽しかったのだろう。ひろの満足げな表情に、こちらも嬉しくなる。

「しばらく外出してなかったもんね。いい筋トレになったんちゃう？」

「そうね！　ご飯もすっごいおいしかったし。芸妓体験までしちゃった」

「LINEで見て驚いたけど、朝からご飯おかわりってすごいね」

「まあね」

「あっ、芸妓写真撮った？」

「もっちろーん！　しかも、写真館でね！」

「んじゃ、家に着いたらゆっくり見せてな」

それからもひろの京都旅行記は止まることなく、車中には彼女の明るい声が終始流れていた。外には梅がほころびはじめ、なんとも幸せな時間だった。


普段は家で仕事をすることが多いが、この頃の僕は議会中とあって、終日会議に出席したり、質問を作成するための打ち合わせをしたりと、連日帰りは夜遅くだった。

京都からひろが帰ってきた翌日の2月28日は、さすがに家に彼女ひとりにするのは不安だったので、ひろの母親に迎えに来てもらい、実家へと帰していた。

その週末にはＩＧＴクリニックで定期検診と手術の判定評価があったので、ちょうどよいタイミングだった。

この日、ひろから定期的にＬＩＮＥが送られてきた。

議会のはじまる前の朝の10時頃。

「筋肉痛がこんなにしんどいと思わなかった。

2ヵ月もぜんぜん動けなかったツケが回ってきちゃった」

議会が佳境を迎えていた16時半。

「今日、実家でよかった。

また口からがんが出てきて、

吐血がコップ半分くらい
出てるなう」

休憩時間に確認するひろからの連絡は、ノリこそ明るいが体調は悪そうだった。僕はメッセージを読むたびに、スマホが少しずつ重くなるような感じがした。

そして、18時。

「今から救急車」

僕はスマホを落としそうになった。すぐにひろの母に連絡をとり、近大病院に搬送されたことを知る。そして、何かあったらすぐに連絡してほしいと頼んでおいた。

20時半頃、やっと仕事が一段落し、慌ててLINEを打つ。指が気持ちに追いつかない。

「まだ落ち着かない感じ？」

送ったメッセージには、すぐに既読マークがつき、ほっとする。

しかし、ひろからは思いもかけない返信が来た。

「ICUに入れられた」

ICUとは集中治療室のことを指す。よっぽど病状は悪いらしい。しかし、僕に心配かけないように、連絡するのをストップしていたという。

「しゃべれる？」

僕はそうLINEを打ち、返事を待った。

すぐに既読マークがついた。

「無理」

「もし、手術するようだったら
日にちと時間が
決まったら教えて」

すぐに既読がついた。

「咳き込んでヤバめ。
3月1日か3月2日に
手術するのは決定」

明日か明後日には手術なのか……。その早急さに、僕の心臓がドクンとはねた。

最後の電話

病院へ行きたかったが、ひろからLINEで「正月と同じパターンだから来ないで大丈夫」というメッセージもあり、この日はひとり家に帰った。

翌朝にはまた議会があるが、不安に駆られ、なかなか寝付けない。


「もう寝た？」


深夜3時半頃、ふとスマホを見ると、ひろからメッセージと着信が入っていた。

すると、さらにもう1通メッセージが送られてきた。


「手術してくるぜ」


こんな深夜から手術なのか？　もしかして症状が悪化したのか。

びっくりした僕が急いで電話をかけると、ひろはすぐに出た。

「今から手術行くよ」

「えらい朝っぱらから手術やね」

「そうなの。ちょっと出血があるから早めにやったほうがいいって」

明るくふるまっているけれども、いつもより元気がないのがわかる。

「んじゃ、早めがいいね。設備が整っている近大でよかったな。工藤教授も上嶋先生もいるしな」

ひろを励ますため、そして、僕自身も安心したくて、ずっとお世話になってきた先生たちの名前を挙げる。


少し引っかかるところはあったものの、2月中旬からは体調も回復傾向にあった。今回の入院だってそう大したことにはならないだろう。

咳き込んで口からがんが出てくるのだって、抗がん剤が効いている証拠だ。

そう思っていたし、そう思いたかった。


僕たちの間に沈黙が落ちてくる。

ひろの息遣いがかすかに聞こえる。

それに呼応するように、あえて僕も何もしゃべらなかった。


どれくらいの時間、そうしていただろうか。

受話器の向こうで、ひろの吐息が小さく震えた。

「朋己、愛してる」

珍しく、トモという愛称ではなく「朋己」と僕の本名を呼んだ。

透きとおるように澄んだひろの声が、僕の耳を通して、体に沁み渡る。ひろと会うまで誰にも感じたことのない、温かな気持ちに包まれる。

「僕も愛してるよ」

僕らはこれまでに、あまりこのような直接的な言葉を語りかけることはなかった。告白やプロポーズだって、曖昧に濁していたのだから、当然だ。

しかし、耳から聞いて、口から出して、僕はあらためて実感した。

ひろは僕を愛している。そして、僕もひろを愛している。

電話を切る直前に、彼女がぽつりとつぶやいた。

「ちょっと泣けてきた……」

今までとはちょっと違う雰囲気のひろ。これまで、こんなふうに手術前に不安を見せることも、泣くこともなかった。

僕の中で、不穏な狼煙《のろし》があがっていた。

「じゃあ、行ってくるね！」

それを打ち消すように、明るいひろの声が届く。

そうだ、そんなに深刻に捉える必要なんてない。

一抹の不安を覚えながらも、そう思って電話を終えた。


しかし、それが、意識のあるひろとの、最後の会話になった――。

指先に込められたメッセージ

3月1日の18時。

議会の打ち合わせを終わらせた僕は、大阪府の南部、奈良県や和歌山県にもほど近い、近畿大学医学部附属病院に向かって車を走らせていた。

いつもは1時間ちょっとで行ける道のりなのに、夕方の帰宅ラッシュに重なってしまい、渋滞に巻き込まれてしまった。

車は遅々として進まない。

病院に着けるのは、いつになるだろうか。

少しでも早くひろの近くに行きたいのに。

沈みゆく夕日が、苛立つ僕の視界を赤く染める。

ひろの状況はどうなっているのだろう。

手術は成功したのか……。

リアルタイムで医師の説明を聞いていない僕は、どうしても不安をぬぐえなかった。

24時間ずっと傍にいられない自分にもどかしさを感じた。


ようやく病院にたどり着いたのは、夕日も落ちきり、空が真っ暗闇になった20時過ぎ。もう面会時間は過ぎている。

だが、予断を許さない状態ということで、特別に面会を許された。これまでの一般病室とは違い、集中治療室であるＩＣＵに入るには、インターホンで看護師に扉を開けてもらわなければならない。

どうしても物々しい感じがしてしまい、それが不安を加速させる。

インターホンを押す。

「前田弘子の夫です」

内心とは裏腹に、自分でも驚くほど、淡々とした声が出た。

「はい。今開けます」

抑揚のない冷静な看護師の声とともに、扉が開く。

慌てて中へ入る。

手を洗い、アルコール洗浄をしてから、マスクを装着。今までにない作業だった。

目の前を、オペを終えたのであろう医師が通り過ぎる。


その手にある金属製のプレートの上には、切除したばかりの生々しい内臓が載せられている。まるで戦場だ。すぐそこで、生死の境目で闘っている人がいる……。

ハッとさせられた。

明らかにこれまでの状況とは違う。

ひろは今、生と死のはざまで闘っているんだ。

あらためて、そう実感した。

看護師に案内され、ＩＣＵの奥へ進んでいくと、患者が眠るベッドが10台ほど並んでいた。ほとんどの患者が高齢者だったので、20代のひろはひと際目立つ。

並んだベッドのさらに奥、ガラス戸で仕切られた半個室で眠っているひろ。

「この中の誰よりも、危ないということなのか？」

今までに経験したことのない、嫌な予感が走った。

これまでの手術は数週間前から計画的に日程が決められ、術後は数日で退院できるものが多かった。ひろは手術後すぐに目を覚ましたし、数時間も経てばベッドから起き上がれる状態まで回復していた。

手術が終わり、僕が病室に到着するとひろの明るい声が響く。

「トモ、遅ーい！」

「お腹すいたー！」

「ヒマヒマー！」

「早く退院したいー！」

でも、今回は違う。

ひろの小さな体は大小さまざまなチューブにつながれていた。

いつも笑みを浮かべていた口元には酸素吸入器が装着されている。

ひろの母親も、ソワソワとひろの傍に控えている。

そして、少しの容体の変化でも見逃さないといったように、数人の看護師が張り付いていた。

相当悪いのか……。僕は息をのんだ。


僕が到着するとひろの母親が駆け寄ってくる。

「どうなんですか？」

そう聞くと、「あとでお医者さんから説明があるから」と目に涙を浮かべながら沈痛な表情でいう。

そして、ひろの母親がひろに話しかける。

「ひろ！　ひろ！　トモが来たよ！」

その声に反応したひろが、僕のほうにゆっくり視線を向ける。

しかし、その瞳はうつろだった。

焦点が定まらない目線で、こちらを見るだけ。

言葉を発することは、とてもできそうになかった。


ひろは震える手を僕に向かって伸ばす。

僕は、ひろの手を力いっぱい握りしめた。

ひろは、か弱い力でなんとか僕の手を握り返してくれる。

普段は自分でも「肌年齢は16歳！」と自慢するほど血色の良かった顔が、チアノーゼで薄紫に変色していた。

酸素不足なのだろうか……。

とにかく、今までに見たことのない状況だった。

僕は手に力を込めて、ひろに話しかけた。

「ひろ！　ひろ！　息、吸えているか？　苦しくないか？」

助けを求めるような目で僕を見るひろ。

ひろが安心できるような言葉を、なんとか喉からひねり出そうとする。

「手術成功したからな。もう大丈夫やからな」

もちろん、実際に成功したかはわからない。

でも、ひろを不安にさせるわけにはいかないのだ。

「痛くないか？　痛かったら、麻酔、強くしてもらうから」

ひろはゆっくりとうなずくものの、機械が示す酸素濃度は低い。

しばらくすると、ひろの全身がガクガクと波打ち震え出し、白目をむき始めた。

痛いのか？

痙攣《けいれん》なのか？

こんなひろを見たのは、はじめてだった。

ショックだった。

体を痙攣させ、口をパクパクしながらも、声を発することができないひろ。

それでも、プルプル震える指で僕の手のひらに指で文字を書き、必死で何かを伝えようとする。

なのに、僕に伝わってくるのは弱々しいひろの指先の感触だけで、何を書いているのかは、全然わからなかった。

「愛してる」なのか？

「苦しい」なのか？

「助けて」なのか？

指先で伝えたかったことは何なのか。

僕は今も、あのときのひろの指の感触を思い出す。

2日連続の手術へ

酸素不足により、かつてないような痙攣を起こしたひろは、口から気管にチューブを入れて肺に直接空気を送りこむことで、なんとか酸素濃度が回復し、いったんは落ち着いた。

僕はひろの苦痛をなるべく取り除いてもらえるよう医師にお願いし、そのままICU内の会議室に移り、ひろの母親と一緒に医師から状況説明を聞いた。

どうやら、がんによって気管支がボロボロの状態になってしまったため、塞栓術の手術ではうまく補強できず、肺の出血を止めることができなかったようだ。

「このままの状態が続けば、出血で肺が溺れた状態になり、肺機能に大きなダメージが残ってしまいます。最悪の場合は自発呼吸ができなくなる可能性も……」

言葉はわかるのに、理解しようとすると頭が拒絶する。僕の脳内で、医師の声がガンガンと響いた。

「それって……ずっと人工呼吸器のお世話になるってことですか？」

声が震えた。

「そうです。明日、もう一度手術をして血管を補強するステントを挿入して出血を止めようと思いますが……成功確率は低いです」

そういわれても僕は、余命半年と宣告されても頑張ってきたひろだったから、まだこのときも希望を捨てず、大丈夫だと信じていた。


2日連続の手術。

ずっとひろの傍にいたかったけれども、ＩＣＵの面会は1日2回、30分までと決まっていて、家族でも宿泊することはできない。

これ以上なすすべのない僕も、ひとまず家に帰ることにした。

ＩＣＵを出ると、時計の針は23時を回ろうとしていた。

夜間通用口を通り過ぎて駐車場への道を歩く。

病棟を見上げると、煌々と光る一角があった。

先ほどいたＩＣＵだ。

角部屋にいるひろは、今、僕のすぐ真上にいる。

そう思った瞬間、身も心も裂けるような激情と願いが、体を突き抜けた。

「ひろ、がんばれよ！……負けちゃ、だめだよ」

そう小さくつぶやく。

少しでも長く近くにいたい。

そんな思いに後ろ髪をひかれながら、帰路についた。


帰りの道路は病院に向かったときとは正反対に空いており、神戸の自宅へは1時間ほどで帰ってこられた。

ドアを開けて、誰も待たないひっそりとした部屋に足を踏み入れる。

今日はとても眠れる気がしなかったが、気持ちを落ち着かせようとシャワーを浴びる。

ちょうど浴室から出たところだった。

スマホが音を立てている。

深夜の電話……。

普通、こんな時間に電話は鳴らない。

すごく嫌な予感がした。

「はい、前田です」

「弘子さんの旦那さんですか？　近畿大学医学部附属病院です」

「もしかしてひろに何かあったんですか？」

「容態が急変しました。危険な状態なので、すぐに来てください」

頭が真っ白になった。

僕はタンスのいちばん上にあった服をひったくるようにとって着て、急いで病院にUターンした。

「死」という言葉

翌日、3月2日に日付が変わってすぐ、ひろの2度目の手術は行われた。幸い、このときの手術は成功したが、人工呼吸器では酸素濃度が充分な数値まで上がらない。

そして、医師から、残酷な現実が告げられる。

「このままでは脳死状態になる可能性が高いです」

「脳死」――。よく耳にする言葉だが、自分の妻が……ひろがそういうリスクにさらされるとは、思ってもみなかった。

「何か対策はないのですか？」

「人工肺を装着して、肺の回復を待つしかありません。そのあとは塞栓術で肺の出血を止めることです」

「人工肺って？　人工心臓は聞いたことありますけど」

「あくまで一時的に肺の機能を代替するものです。ただ、人工肺をつけるのもリスクがありますし、長期の利用はできません。血液の凝固を防ぐ薬も入れるので」

「ひろは出血を止めないといけない状態なんですよね？　それって……」

「そうです。人工肺で酸素は供給できますが、逆にがんによる出血は止まらなくなる可能性があります。しかし、人工肺を使わなければ、確実に死んでしまいます」

ついに「死」という言葉が医師の口から発せられた。

恐れていた言葉が、急に現実のものとして重みをおびてくる。

ひろが死ぬ？

結婚したばかりなのに？

体調がよくなっていたのに？

「暖かくなったら一緒に旅行しよう」って約束していたのに？

僕の横では、ひろの母親がこの世の終わりを見たような顔で泣いていた。


その翌日の3月3日、ひろは人工肺を装着することになった。

これで3日連続の手術だ。

僕は病院の駐車場を借りて、車中泊で夜を明かすことにした。

ひろのツイッターアカウントを借り、ひろと連絡がとれない理由や容体について説明した。最後に、フォロワーの皆さんにお願いをする。

「皆さんの元気をちょっとずつ、ひろに下さい。またあの笑顔で帰って来れるように」

僕はスマホを握りしめながら、祈るように目を閉じた。瞼の裏では、真夏のひまわりのように、ひろが満面の笑みを浮かべていた。

夫としての決断

車内で一夜を過ごした次の日の朝8時頃、ICUに向かった。

もっと早く病院に入りたいが、面会時間は9時から15時の間に最大30分を2回許されるだけだ。

ただ、このときは、医師もひろが危ない状態ということを考慮して、1時間早く病室に入れてくれた。

ひろはどんな状況なのだろう。

意識は戻っただろうか。

顔色は大丈夫か。

僕の心配は、生ぬるかった。

人工肺につなげられたひろの姿は、全身の血液が凍りつきそうになるほど、衝撃だった。

耳の下あたりに、ソーセージほどの太さのチューブが刺さっている。その中を真っ赤な血が流れているのがはっきりとわかる。肺が機能しない代わりに、機械を通して血を循環させ体内の酸素濃度を維持しているのだ。

「プシュー」という人工呼吸器の音が病室に響き渡る。空気を入れられるたびにひろの体は波打っていた。

その姿を見た瞬間、僕の頭のヒューズが吹っ飛んだ。

はじかれたようにひろに近づく。

「ごめんな！　ごめんな！　ごめんな！」

なぜ、ごめんなという言葉が出てきたのかはわからない。

だけど僕は、ただひたすら、言葉を繰り返した。

顔が熱い。

息が、うまくできない。

涙が、とめどなく流れていく。

これまで僕は、ほとんどのひろの手術に付き添ってきた。

つらい副作用に悩み、ときには泣き、ときには叫ぶひろの前で、僕は涙を見せなかった。

だって、いちばんつらいのはひろだから。

僕が泣いたら、ひろが不安になるから。

だけど、もう限界だった。

僕ははじめて感情を露わにして、泣いた。

どうしてひろがこんなことにならなくちゃいけないのか。

ひろは虚ろな目で横たわる。

その目は、何も見つめてない。

その顔には、なんの表情もない。

もう一度、ひろの笑顔が見たいのに。

僕は、ただただ、無力だった。


「ひろに、意識はあるんですか？」

やっと涙が止まり、少し気持ちが落ち着いてから、担当医にそう聞いた。

「鎮静剤と麻酔が効いているのでありません」

医師はできるだけ感情を見せないように患者や家族に接するのが一般的だ。しかし、
彼もうっすらと涙を浮かべながらつらそうに状況を説明する。

「意識があると痛みや不安でつらいだろうから、そのままでお願いします」

僕がひろにしてやれることは、もうこれくらいしかない。ひろがこれ以上苦しむのは嫌だ。それから、ひろの母親と一緒に、ひろの病状について説明を受けた。

それは、僕たちにとっては、説明というよりも、絶望的な宣告だった。

「残念ながら弘子さんの容体は非常に厳しいです。覚悟してください」

説明の最後に、医師からはっきりといわれた。医師の説明によると、人工肺はあくまで応急処置。だが、ひろの体にはもう薬が効かなくなっていて、肺にある無数のがんが大きくなっているから、もう塞栓術で出血を止めても、短期間の延命効果しか見込めなくなってしまった。

さらに悪いことに、今回、出血したのは右肺で、ほぼ機能していないという。人間の体は片肺でもなんとか生命維持は可能だが、ひろの場合は以前の手術で左肺の4分の1を切り取っていた。

実質的に片肺しか機能しておらず、それもがんが複数存在する左肺の4分の3だけしか働いていない状態なのだ。これではとても体が持たない。

「せめて出血が右肺ではなく、左肺であればよかったのですが……」

医師が嘆いた。神様でもない限り、もう誰も、どうにもできないということだ。状況は絶望的だった。

3日連続の手術を終えて、これからの治療は対症療法にしかならず、ひろの命を数週間、いや数日延ばすものでしかないことは容易に想像できた。

僕とひろの母親はお互いの顔に絶望を見た。自分たちの望みが一致していることは、わかっていた。

ひろが怖い思いをしないように。
痛い思いをさせないように。
不安にならないように。

ただただそれだけをお願いした。
つまり、意識レベルを落として、麻酔を強くする、いわゆるセデーションと呼ばれる処置である。

「心臓が止まったとしても、心臓マッサージは弘子さんには効果がありません。マッサージの圧迫によって、がんで脆くなった肺にダメージを与えるので、より危険になってしまいます。蘇生処置をしないことへの同意を頂けますか」

医師から判断を求められた。

ひろの母親の喉がヒュッと鳴った。

あれは、覚悟の音だったのだろう。

「お義母《かあ》さん、どうしますか？　僕は同意すべきだと思います」

つとめて冷静に言葉を紡ぐ。その声は、まるで他人のものみたいだった。

母親はまっすぐに僕を見た。

ひろが誰よりも尊敬し、娘であることを誇りに思っていた、偉大な母親。

彼女の口から発せられた言葉に、迷いはなかった。

「トモに、全部任す」

ひろの母親は、ひろが愛した僕に、ひろの命の選択権をゆだねてくれた。

僕は夫として、蘇生処置をしない書類にサインした。

それが、僕の決断だった。

紙の上を走るペンの音は、ひろがこの世から少しずつ去っていく音のように聞こえた。

一歩、一歩、確実に、ひろは死へと向かっていた。

より近く、より長く、より傍へ

3日連続の手術が終わったあとは、血圧、脈拍、酸素濃度、この3つのモニターを見ながら、ひたすら酸素濃度の上昇を祈る日々が続いた。

ひろの意識はないものの、目は開いたままで時折、瞬きを見せる。

そのたびに彼女の瞳を覗き込むが、そこにひろの意識はかけらも見つけられない。目を開いたままだと乾燥でダメージを受けるので、点眼液や目に直接クリームを塗る。そのせいか、いつもキラキラと輝いていたひろの目は充血し、徐々に濁ったように変容していった。

3月も引き続き議会が行われ、兵庫県の年間予算の審議もあり、多忙をきわめた。ただ、どんなに忙しくても、より近く、より長く、少しでもひろの傍にいたかった。

だから、会議がない日は家には帰らず病院の待合室でノートパソコンを広げて仕事をし、病院の近くに宿泊するようになっていった。

病院は街から離れているため、最寄りのホテルでも、ひろに万が一のことが起きたときに、すぐ駆けつけることができない。

結果的に、僕は車の中で宿泊するようになった。

近大病院は小高い山にあり、都市部より確実に気温が低い。3月とはいえ、深夜はとても冷えた。

セーターにダウンジャケットを着込んで、さらに中にはヒートテック。そんなふうにがっちり着込んでも、車の中は凍えるように寒い。睡眠導入剤を飲んでも、とても眠れたものではなかった。

その夜は、あまりの寒さで歯がカタカタと鳴った。

夜中の3時を過ぎると寒さがさらに厳しくなる。ますます目が冴えていった。僕は体が大きいこともあり、横になるには車内は窮屈すぎる。

どうしても寝ることができないので、何か解決策はないかとスマホで検索してみたところ、病院から徒歩10分のところに漫画喫茶を見つけた。

限界を迎えた僕は車中泊を諦め、暗く、細い、山道を下り、漫画喫茶に向かった。横たわれる席を選び、朝までのナイトパックをお願いする。

個室に入って一息つくが、宿泊施設ではないので店内は明るい。

「あー！　もう少しで入ったのに！」

若者の明るい声が響いた。

ゲーム施設も併設されているため、僕の席のすぐ近くでビリヤードに興じていた人の声だった。


うるさい。

こんな深夜に騒ぐなよ。

そんな勝手な思いがこみ上げてくる。

楽しくはしゃぐ彼らと、愛しい人が失われるときをおびえながら待つ僕が同じ空間にいる。とてもミスマッチな夜だった。

僕には騒ぐ若者たちの声が、まるで異世界の言葉のように遠く聞こえた。

途絶えない見舞客

3月14日。

医師の勧めでひろはICUから一般病室に移った。

フェイスブックを通じて、ひろの友人たちにお見舞いが可能になったことを伝える。

とはいえ、薬で意識レベルを落としているので、ひろは眠ったままだった。

投稿を見た友人からは「快方に向かいつつあるの？」と、メッセージが来た。そうだったらどれくらいよかったか。残念ながら、そうではなかった。

ICUでは友人の面会を受けることができないし、ベッドも緊急性のある人を対象にしている。ひろは容体こそ落ち着いていたものの、その体は緩やかに死に向かいつつあった。だから、一般病室のほうがよかったのだ。

一般病室に移って約2週間、ひろの元にはたくさんの人が駆けつけた。

ひろの親友の杏《あん》ちゃんは、2日に1回は顔を見せていた。

高校の恩師はひろの手を握りながら、懸命に祈りを捧げてくれる。

僕らの結婚式の牧師さんも東京から来てくれた。

僕の家族もできる限り、時間を見つけて病室に足を運んでくれた。

神戸の実家から近大病院までは、電車で往復4時間。決して来やすい距離ではない。

「大変でしょ。無理しなくてええよ。週に数日で十分だよ」と僕がいっても、はるばるやってくる。

「ひろちゃん、来たよ」

僕の父はほぼ毎日お見舞いに来て、そう声をかける。こんなにやさしい父の姿を見るのははじめてだった。

そして、僕の母は、ひろの母親と一緒になって、むくみを取るために、ひろの手を何時間も黙々とマッサージする。5時間、6時間といった長時間でも、その手は止まらない。

僕の妹も、仕事終わりに頻繁に駆けつけた。実家に帰って顔を合わせても、僕とはほとんど話すことがない物静かな妹。おそらく、入院したのが僕だったのなら、妹はこんなに頻繁にお見舞いには来ないはずだ。

「みんな、ひろのこと、大好きやねんな」

僕の家族に囲まれて横たわるひろの姿を見ていると、心の奥がじんわりと温かくなる。

　でもそれは、悲しい温かさだった。

3月25日　午前6時42分

最後の手術を終えてからずっと、ひろの意識は戻らなかった。

気管に直接管を挿している状況なんて、意識があったらつらくてとても耐えられないだろう。これ以上ひろを苦しめたくなくて、麻酔と鎮静用麻薬で意識を沈めてもらっていた。

「意識はないですけど、耳は聞こえることもあるので、積極的に話しかけてあげてください」

医師にそう伝えられていた僕たちは、ひろの病室ではつとめて明るくふるまった。

「ひろ！　トーモ、来たよ！」

病室に入ると僕はひろにそう声をかけて、彼女の頭をなでながら、手を握りしめる。

麻酔で意識はないはずだが、万が一でも聞こえていた場合、ひろが少しでも安心できるように。僕が近くにいることを感じられるように。

そんな僕たちを一喜一憂させたのは、ひろの体につながっている計測機が示す酸素濃度の数字だった。

ときどき、酸素濃度が最大値である１００を示すことがあって、そういうときはひろの母親と「なんとかこのまま維持してほしいね」と励まし合った。

１００近い数値でとどまると、徐々に機械の力を弱めて自発呼吸に移行できるかもしれない。意識も取り戻せるかも、という期待もあったので、ほんの少しの数値でも見逃すまいと必死になった。

しかし――。

「ビビー！　ビビー！」

鳴り響くアラームに、ひろの母親と僕はビクッとする。

これは、酸素濃度が安全水準の95をきったことを警告する音だ。

アラームが鳴ってすぐに看護師が飛んできた。

機械の補助を強めて酸素濃度を維持できるように設定してくれる。

計測機を見ると、酸素濃度が１００まで回復していた。

僕はまた、ひろと過ごせる残り時間が、少しだけ延びたことにホッとする。

そのあと数日間は、ひろの呼吸能力は上向きになった。

しかし、それも一時のことで、酸素濃度は徐々に下降線を描きはじめる。

「ビビー！　ビビー！」

アラームが鳴る感覚も短くなり、設定数値も95から90、85へと徐々に変更されていった。

そんなことが繰り返されるうちに、僕もひろの家族も酸素濃度の数値を見て一喜一憂することはなくなった。数字のことを話題にしても、重苦しい空気に包まれるだけだ。

酸素濃度の数値はゆっくりと、だけど確実に低くなっていった。それは、僕たちが何よりも恐れているときが近づきつつあることを、如実に示していた。

「ビビー！　ビビー！」

それは、何度目の警告音だっただろうか。

ついに、ひろの酸素吸入器がフルパワーになった。酸素濃度は80台が続く。呼吸困難状態だ。

もう、あとがない。

「今週いっぱいが山場です」

医師が神妙な表情でそう告げる。

覚悟していたこととはいえ、言葉にされるとつらい。全身が鉛になったみたいだ。手も足も感覚を失い、ただ自分自身の心臓の鼓動だけが、いやに大きく全身に響く。体が動かず、僕と世界との間に薄い膜が一枚張ったように、現実感がなくなる。

「最後にひろとお話ししたいです。薬を弱めて、ひろの目を覚まさせてくれませんか？」

僕を現実に引き戻したのは、ひろの母親の震える声。この世の悲しみをすべて見てきたかのような顔で、医師に懇願していた。

「……」

医師は難色を示す。僕はふたつの気持ちに引き裂かれながら、それでも覚悟を決めた。

「……お義母さん、だめですよ。目を覚ましたら、ひろが苦しんじゃう。それに、器官に挿管しているから、しゃべれないですよ」

医師からではいいにくいことだろう。だからこそ、あえて僕が言葉にした。

「おっしゃる通りです。おそらく、つらいだけで意思疎通できないと思います。それに、低酸素状態が長く続いているので、意識を戻せるかもわかりません」

「意識の回復も難しい……」

予想以上の、つらい現実。

「そんなぁ……あああぁ」

口に手を当てて、泣き声を押し殺そうとするひろの母。

すべての希望を打ち砕かれた悲しい声が、彼女の指の隙間からこぼれおちていた。

本当は僕だって、意識のあるひろと、最後のお別れをしたかった。


「愛してるよ」

僕の声は、ひろの耳に届いたのかな？

もっともっと伝えたかった。

でも、それは現実には不可能だった。

ひろの意識を戻すことは、ひろを苦しめること。

そう考えて、感情を理性で押し込めた。

押し込められた感情は、ひたすらにひろを求めていた。


ひろの酸素濃度は80台で安定してしまい、90台に戻ることがなくなっていった。普通の人の酸素濃度は98以上だから、80台では脳へのダメージは計り知れない。

酸素濃度の低下とともに、僕の大好きだったひろのやさしさも、聡明さも、明るさも、眩しい笑顔も、もう二度と目にすることができないまま、永久に失われようとしている。

がんになってからずっとずっと一生懸命頑張っていたひろの体と心は、もうまもなく、永遠に安らかな世界へと旅立とうとしていた。


3月25日。

ひろが緊急入院してから1ヵ月近くが経とうとしていた。

その日は日曜日だったので、前日の土曜夜から僕は病室の簡易ベッドに横になっていた。

いつものことだが、ひろがいつどうなるかわからないという不安で、眠りは極めて浅い。眠いのに眠れず、つねにウトウトしているのに、ちょっとした物音でもハッと目が覚める状態。

ふとただならぬ雰囲気を感じて目を開けると、ひろの親族がベッドの周りに集まっている。

時計を見ると、早朝の6時30分過ぎだった。

頭はまだすっきりしない。ぼんやりした頭のまま、ひろのベッドに近づき、モニターを見る。

酸素濃度は、70台。こんなに低いのははじめてだ……。

しかも、脈拍がどんどん低下している。

頭が追いつかない。

1分も経たなかっただろうか。

まだ事態を把握できない僕を放置して、時折折れ線を描いていた脈拍モニターがスーッと一本線になった。

「え？　どうしたの？　故障？」

わけもわからず脈拍モニターに釘付けになっていると、医師が看護師を伴って、慌てて病室に入ってきた。ひろの目を開いて、ライトで瞳孔をチェックする。

医師は僕たち家族の顔をゆっくりと見回す。

「6時42分。ご臨終です」

あっという間の宣告だった。

僕は呆然とした。

「え？　本当に？　今、死んじゃったの？」

だって、これまで5年間、ひろはあんなに懸命に闘ってきたのに。

それなのに、なんの反応もなく、眠るように死んでしまった。

僕はまるで夢の中にいるような気分だった。

ひろの親族のすすり泣く声が病室に満ちていった。

ふわふわと足元が浮いているみたいだ。

僕はひろの横たわるベッドを見下ろす。
そこには、抗がん剤と点滴でまん丸に膨らんだひろの顔があった。
抗がん剤の副作用であるムーンフェイスをすごく気にしていたひろ。
本人にしてみれば「見ないで！」という感じだったかもしれない。
でも、僕にとっては、まん丸に膨らんだ顔もキュートで、とても愛おしかった。
そして、心臓の動きを止めたひろの顔には、なぜか満面の笑みが浮かんでいた。
信じられないほど、本当にきれいな笑顔だった。
まん丸な顔に破顔一笑のひろは、まるで仏様のようだ。

ひろの母が涙目のまま、「トモ。弘子ちゃん、すっごい笑顔だよ。よかった！」と
何度も僕に声をかけてきた。
「よかったですね。幸せに旅立つことができましたね」
そう答えることが精一杯だった。

旅立ちの報告

ひろの母親が信仰する仏教では、死後8時間は死者の体に触ってはいけないらしい。触ると死者がとても痛い思いをすると信じられている。

本来は死後すぐにベッドを空ける必要があるのだが、病院側にダメ元で、ひろを寝かせたままにしてほしいとお願いすると、なんとか要望を聞いてもらえた。

また、死後は周囲の人は泣いてもいけないらしい。

死者が寂しく感じてしまうから。この世に未練を残してしまうから。

「トモが病室にいたら、絶対に泣いちゃうでしょ！　だから、待合室で待ってて」

ひろの母親にそう指摘される。泣かないでいられる自信はなかったので僕はひろを置いて大人しく病室を出た。

ひろの母は、それから8時間、ずっと念仏を唱え続けた。

そのか細い声が、扉を隔てて僕まで届く。昨晩からの看病もあり、ほとんど寝てないのだろうが、それでも愛する我が子を想い、唱え続けていた。

その念仏を聞きながら、僕は寝不足で回らない頭でうっすらと、彼女の夫として、やらなければならないことを考えていた。

まだ、ひろの死を告げなければいけない人がいる。

ひろが緊急入院をしてから、時折状況をツイッターに投稿していた。友人や職場、さらには面識のない人からも、多くのメッセージやコメントをもらった。

この日もお見舞いの予定が何件かあったので、彼らにもなるべく早く報告しなければという思いから、ひろのブログを更新するためにパソコンを開き、キーボードを叩いた。

「山下弘子が旅立ちました

夫です。
今朝6時過ぎに、ひろは旅立ちました。
(中略)
皆様のひろに対する温かいメッセージやご支援に感謝しております。
ありがとうございました」

ブログを投稿したのもつかの間、あっという間に新聞・テレビ・ネット上でひろの訃報がニュースになっていった。

僕は驚いた。

彼女は、こんなに多くの人たちに影響を与えていたのだ。

ダブルベッドの上のひろ

葬儀までの2日間、自宅でひろと一緒に過ごせることになった。

この家には、ひろとの思い出がたくさんある……。

僕が仕事から帰ってくると、笑顔で「おかえり」といってくれた、ひろ。

出かけるときは、さびしそうに「いってらっしゃい」といってくれた、ひろ。

体調を崩してからは玄関までは来られなくなったけれど、それでも毎朝僕を送り出してくれた。

ソファの隣には、いつもひろが座っていた。

でも、その光景は、二度と僕の目に映ることはない。

永遠の眠りについたひろを、我が家の1階にある寝室のベッドに横たえた。普段、ひろと僕が一緒に寝ていたダブルベッドだ。

「おかえり」と声をかけ、ひろの頭をなでる。

頬に触れるとひんやりとしていた。

硬くなったひろに触れることで、彼女が死んでしまった事実を突き付けられる。

いつも元気だったひろが、もう二度と動かないなんて、嘘みたいだと思った。


その部屋で、ひろの家族や僕の家族、親族のみんなが思い思いにひろと語り合った。

ひろの母親は、あらためて僕に「これまでありがとう」と涙声でいった。

彼女ががんであることがわかったときに、結婚はできないだろうと諦めていたらしい。その「ありがとう」には、ひろに結婚という女性としての幸せを満たしてあげたことや、看病のことも含まれていたかもしれない。

でも、お礼をいいたいのは、むしろ僕のほうだった。

ひろを産んで、育ててくれたおかげで、僕は人生でいちばん幸せな時間を過ごすことができたのだから。


僕は2日とも、毎晩、隣で眠るひろの頬に触れた。

ひろの顔、ひろの姿、ふたりの寝室で眠るその雰囲気、すべてを焼き付けておきたかった。

義母からの最後の希望

葬式をどうするか——。

これは、喪主である僕に課せられた使命だった。

ひろの意識がなくなり、医師から絶望的な宣告を受けたとき、僕はその避けては通れない使命と徐々に向き合わなければならなかった。

ほんの1年前は、ふたりで楽しく結婚式場を回っていたのに、今度はひとりで、あのとき、幸せそうに笑っていたひろの、お葬式を挙げる場所を探さなければならない。

神様はむごいことをすると思った。

そしてそれは、いずれひろの母にも相談しないとならないことでもあった。しかし、愛する我が子を失いかけて憔悴する彼女に、とてもではないが切り出しづらい。僕自身、ひろの死を口に出してしまうことに抵抗もあった。

そんなとき、ひろがひとり闘う病室の外で、ひろの母親は突然ふと思い出したかのように、真顔で僕を見つめ、しっかりとした声でこういった。

「トモ、葬式どうする？」

母親として残酷な現実を受け止めているその強さは、ひろの凛とした強さを彷彿させた。

「何か希望はありますか？」

「お花でいっぱいにしてほしい。立派に送りたい。細かいことは、トモに任す」

ひろによく似た凛々しい表情だった。僕はその想いを受けて、ひろの夫として、この人の義理の息子として、できる限り盛大に見送ろうと、意思を固めた。

そうして、ひろの通夜は２０１８年３月27日に、告別式を28日に行うことになった。

会場は格式のある本願寺神戸別院にお願いした。

思い思いの一輪

ひろの母が望むように、ひろは花がとても好きだった。

普段から花屋さんで花を購入しては花瓶に生けて部屋に飾っていたし、ふたりで生け花教室に行ったこともあった。結婚式でも花に強いこだわりを見せていた。

だからこそ、最後も花いっぱいにして見送ってやりたかった。


葬儀の前日の夜。

ひろが緊急入院するまで一緒に旅行をしていたりんこさんから、こんなメッセージが届いた。

その旅行中、ひろが「もし、自分の葬式があるなら、友達には私を想って選んだ花一輪を持って会いに来て欲しい」と話していたと……。

僕はそれを聞き、ひろの最後の願いをしっかり叶えてやろうと思い、りんこさんから送られてきたメッセージを、ひろのフェイスブック上に友達限定で公開していた。

どれだけの人に伝わってくれるかはわからない。ひろの思いを叶えてやれるか、不安だった。


しかし、そんな心配は杞憂だった。

1年前の僕らの結婚式に出席してくれた友人、ひろのがんを倒すために闘ってくれた医師、東京から駆けつけてくださった方……。弔問にお越しいただいた彼らの手には、ひろが大好きだったひまわりをはじめ、さまざまな一輪が握られていたのだ。

僕はその色とりどりの花を見て、あらためてひろが多くの人に愛されていたことを知り、胸がしめつけられる思いだった。

平日にもかかわらず、遠方からもたくさんの方がお越しくださり、弔問客は通夜だけで200名近くに及んだ。僕とひろの母は気丈に対応しようとしていたが、温かいお声がけをしてもらうたびに、どうしても涙が溢れ出てしまうのだった。

最後の日

そして迎えた告別式の日。

正真正銘、ひろとお別れの日だった。

焼香や挨拶が終わり、いよいよ彼女が横たわる棺の蓋が開かれる。

これが、僕の愛したひろを見られる最後のときだった。

しかし、そうわかってはいるのに、どこか現実味がなかった。

友人たちの手によって、ひろの周りに一本一本花が捧げられていく。
ユリ、ガーベラ、バラ、カーネーション、そしてひまわり……。
棺の中が色とりどりの花でいっぱいになった。
その真ん中に眠るひろは、花に囲まれてさぞご満悦なのだろう。
美しく笑みをたたえていた。

みんなが最後に、思い思いにひろへと声をかける。
どれもみな、ひろへの愛に溢れた言葉ばかりだった。
すすり泣きの重なる中、ついに棺の蓋が閉められる。
ひろに、永久に会えなくなる瞬間だった。
心が張り裂けそうだった。
隣では、ひろの母が声にならない声で泣いていた。

◇　◇　◇

白い煙が立ち上る火葬場をあとにして、すっかり小さく軽くなったひろを胸に抱き、山道をおりていく。道の両側には、満開の桜並木が続いていた。

「きれいだな……」

僕は思わずつぶやいていた。


薄紅の花びらがひらひらと風に乗って舞い落ちる。

ふと、ひろと一緒にお花見をしたことを思い出した。

ひろははじめこそ、桜に見とれていたけど、最終的には「花より団子」だった。

それを指摘すると、「しょうがないじゃん!」と笑っていたっけ。

僕は胸に抱えたひろに話しかける。


なあ、ひろ、はじめて会ったときのことを覚えている?

僕はドンキ前で待っていたひろに、ひと目で好感を抱いたんだよ。

デートの会話が楽しくって、少しでも長く一緒にいたい、心からそう思った。

がんなんてことすっかり忘れていたのは本当。

僕の両親と一緒にハワイ旅行に行ってくれたこともすごく嬉しかった。

あのときの虹は、本当に奇跡みたいだったね。

ふたりの家を一緒に設計するのも楽しかったよね。
そのあと唐突に別れを切り出されたのはきつかったけど。
無茶苦茶な理屈で、よりを戻しに来たのはひろっぽかったよ。
ウェディングドレス姿ではにかむひろは信じられないくらいきれいだった。
新婚旅行のホテルから見た夕日も美しかったね。
僕の隣で真剣にゲームするひろは表情がくるくる変わって面白かったな。

親友のように仲良しで運命のように愛し合う。
僕にとってはひろが、
最初で最後の愛する人だったのかもしれない。
ひろが隣にいなくなって、
僕はとっても寂しいよ。とっても悲しいよ。
ひろは今、どこで何をしているのかな。
何を考えているのかな。
もし、今も生きていたら……、　隣にいたら……、
そんなことを毎日考えている。

でも、僕がずっと悲しんでいても、
ひろはそれを望んでないことはわかってる。
最後に聞いた「朋己、愛してる」の声。
自分の名前が、あんなにやさしく響くなんて知らなかったよ。
僕はあの言葉があるから、これからも前を向いて歩いていける。今を生きていける。

こうやって振り返っても、僕はひろから本当にたくさんのものをもらったね。
だけど、僕はまだその半分も返せてないように思う。
だから、これからもひろが行きたがっていた場所に、連れて行くよ。
もう一度行きたいといっていたカンクンのビーチ。
それからニューカレドニア、モルディブ。
ひろが見たかった景色、これからも一緒に見に行こう。
ひろが生きたかった分まで、僕は全力で生きていくよ。

あらためて、きみに出会えて本当によかった。
幸せだった。

ひろ、ありがとう。
愛してる。

アルバム　ひろ、ありがとう。

DIAMOND HEAD
STATE MONUMENT
HAWAII
STATE PARKS

4/12/11　大阪女学校中学校　15〜25分程.

ガンが15コ. でも今はものすごく幸せです.

自己紹介　①　2年前にガン　②　みんなの　10コ上〜　8コ上. 青ジも

今日はみんなに何を　はなそうか…と　ものすごく悩みました。

悩みぬいたすえ、私が考える私の幸せと、私の生きる理

どうして私は生きなければいけないのか.　・母の顔.

・周りのみんなの泣く顔を見たくない.　~~人生はものすごく~~

上の理由は1人ではできない.

どうして今日まで生きてこれて、しかもこんなにも笑がおで幸せなのか

・私が1人なら、絶対にここまで来れない. 支えてくれる方々

・いつどんな時でもひとりじゃない

・昨日先生のはなし.　→　なやみとこまる.

・一生けん命がんばる事が大事.

だからガンになっても　それをのりこえるだけの　力がある。

「置かれた場所でさく.」

・私はむねはって　コレを言う事ができます。

それは　大阪女学院は　世界一良い学校だと私は思います

誰しもがそうじゃないと思うが、少なくとも私にとって

・がんばれない時も、たくさんあります。

その時は　いったん　立ち止まって　自分の周りに　目を向けてみ

めぐまれている.

がんばっても　成せきが　あがらないとき.　→（私の例）

がんばる事が　幸せにつながると思う.

前田
ともき
コスパ重視の説教ジジイ
山下
ひろこ
パワフル家政
弁士
tommaeda
弁士
@hirokooo5667
世の中を
元気にしたい。
■前田・山下両家　結婚式　日時：2017年6月18日　終日　場所：ラフェットひらまつ

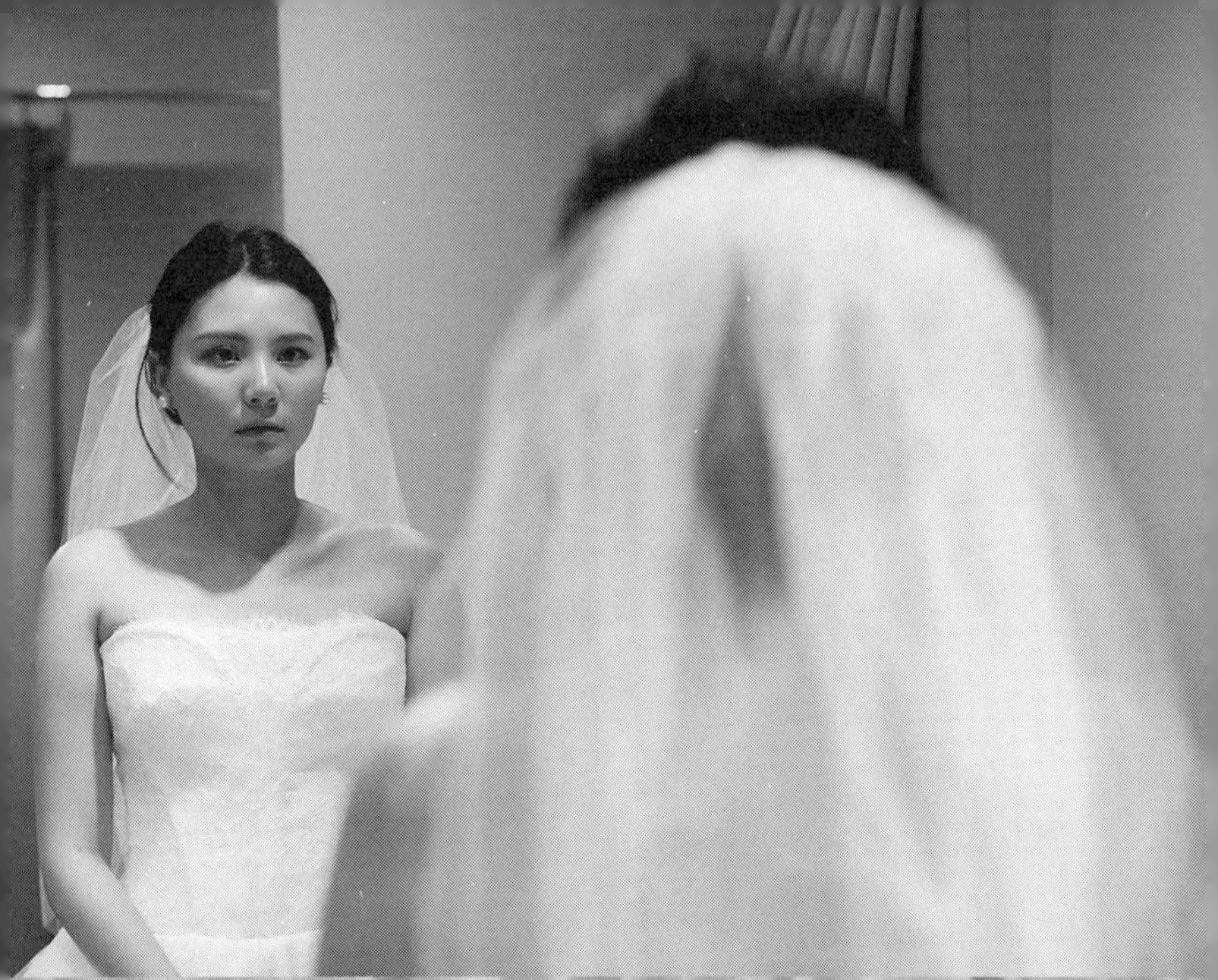

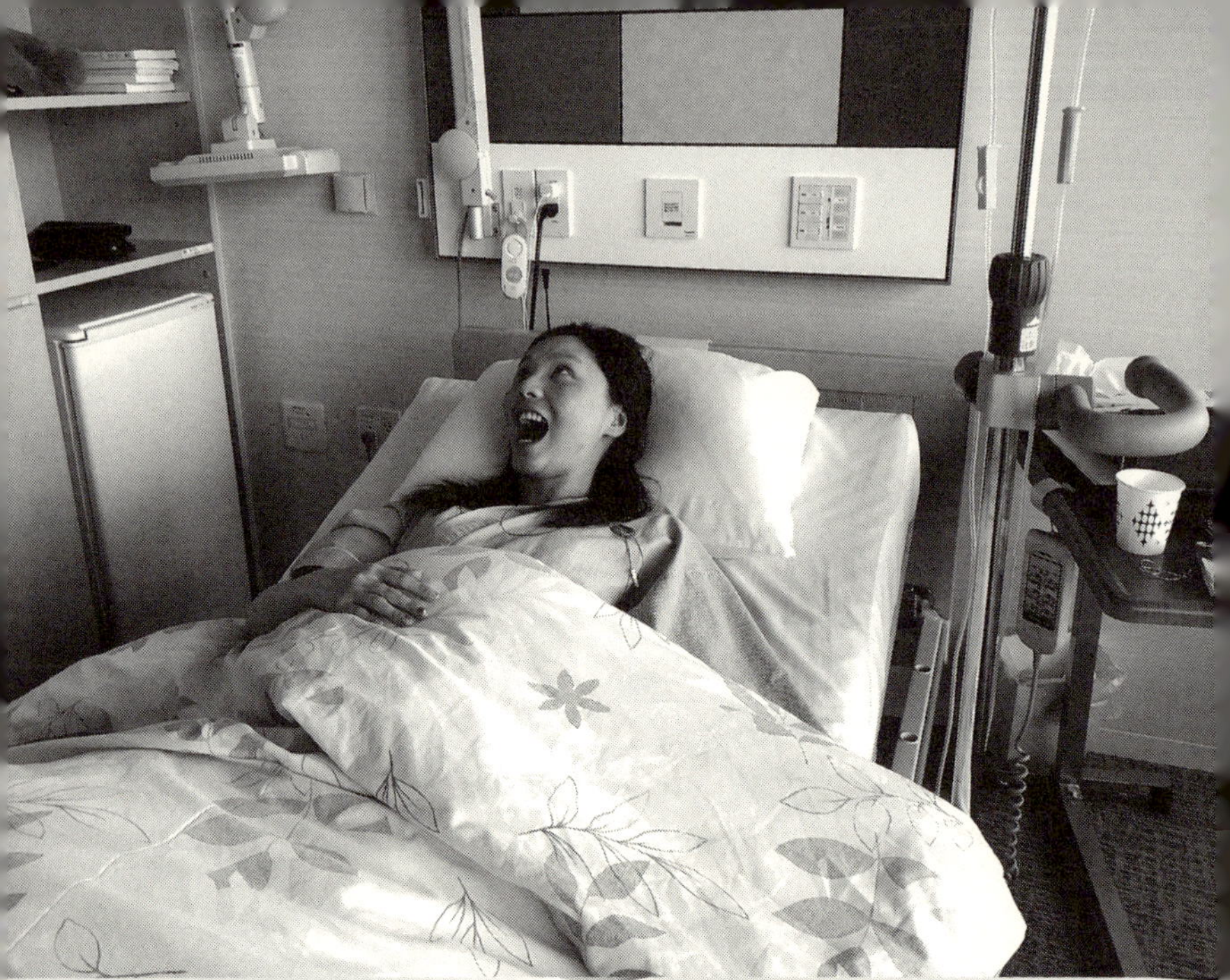

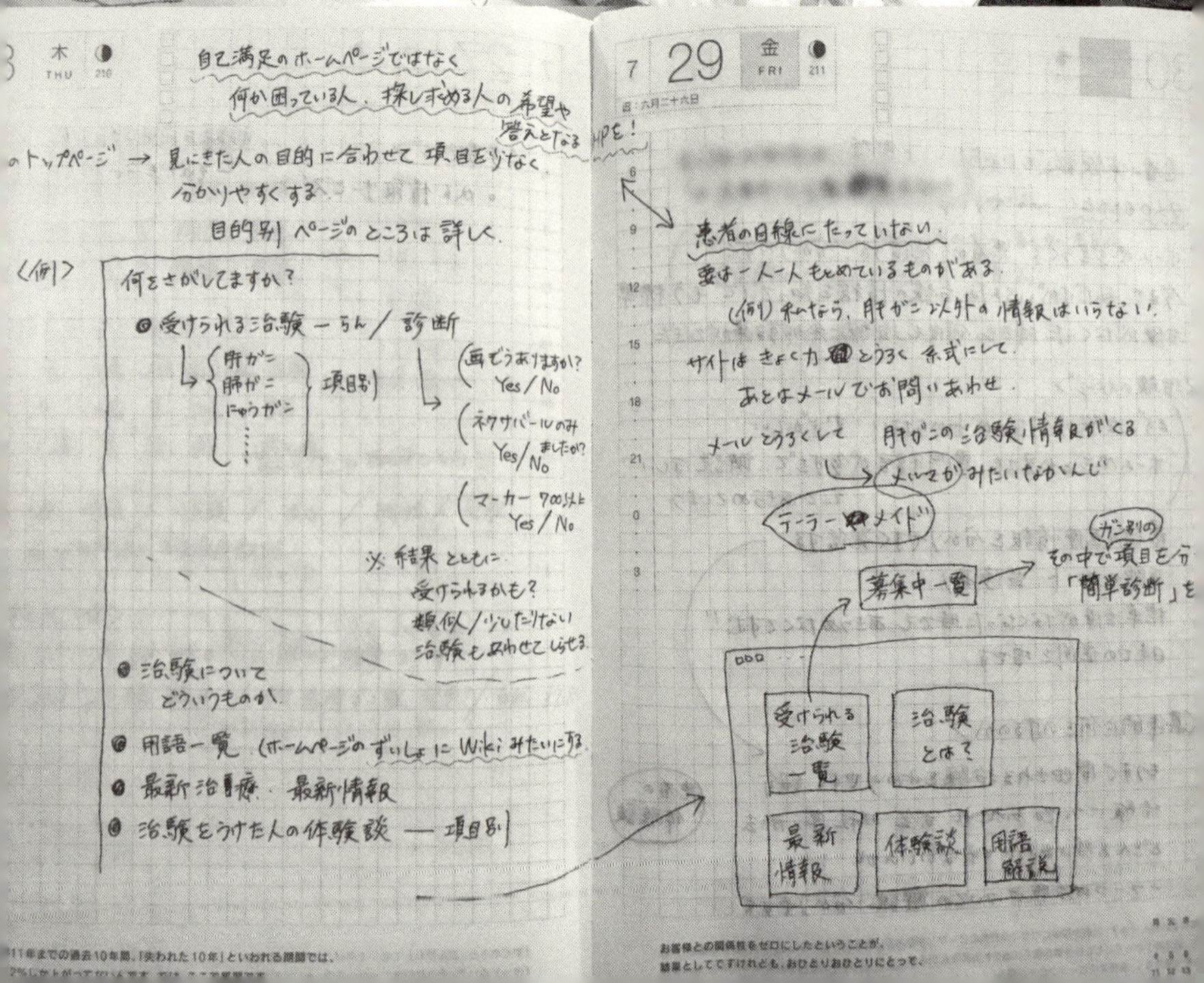

木 THU 210
自己満足のホームページではなく
何か困っている人、探しもとめる人の希望や
答えとなるHPを！
のトップページ → 見にきた人の目的に合わせて 項目を少なく
分かりやすくする
目的別ページのところは詳しく
〈例〉
何をさがしてますか？
受けられる治験 ─ がん／診断
肝がん
肺がん
にゅうがん
項目別
画ぞうありますか？ Yes／No
ネクサバールのみましたか？ Yes／No
マーカー 700以上 Yes／No
※結果とともに
受けられるかも？
類似／少しだけない
治験も合わせてしらせる
治験について どういうものか
用語一覧 （ホームページのずいしょにWikiみたいにする）
最新治療 最新情報
治験をうけた人の体験談 ─ 項目別
7 29 金 FRI 211
患者の目線にたっていない
要は一人一人もとめているものがある
（例）私なら、肝がん以外の情報はいらない
サイトはきょく力とうろく系式にして
あとはメールでお問いあわせ
メールとうろくして 肝がんの治験情報がくる
メルマガみたいなかんじ
テーラーメイド
募集中一覧
ガン別の
その中で項目を分
「簡単診断」を
受けられる治験一覧
治験とは？
最新情報
体験談
用語解説
11年までの過去10年間、「失われた10年」といわれる期間では、
お客様との関係性をゼロにしたということが、
結果としてですけれども、おひとりおひとりにとって。

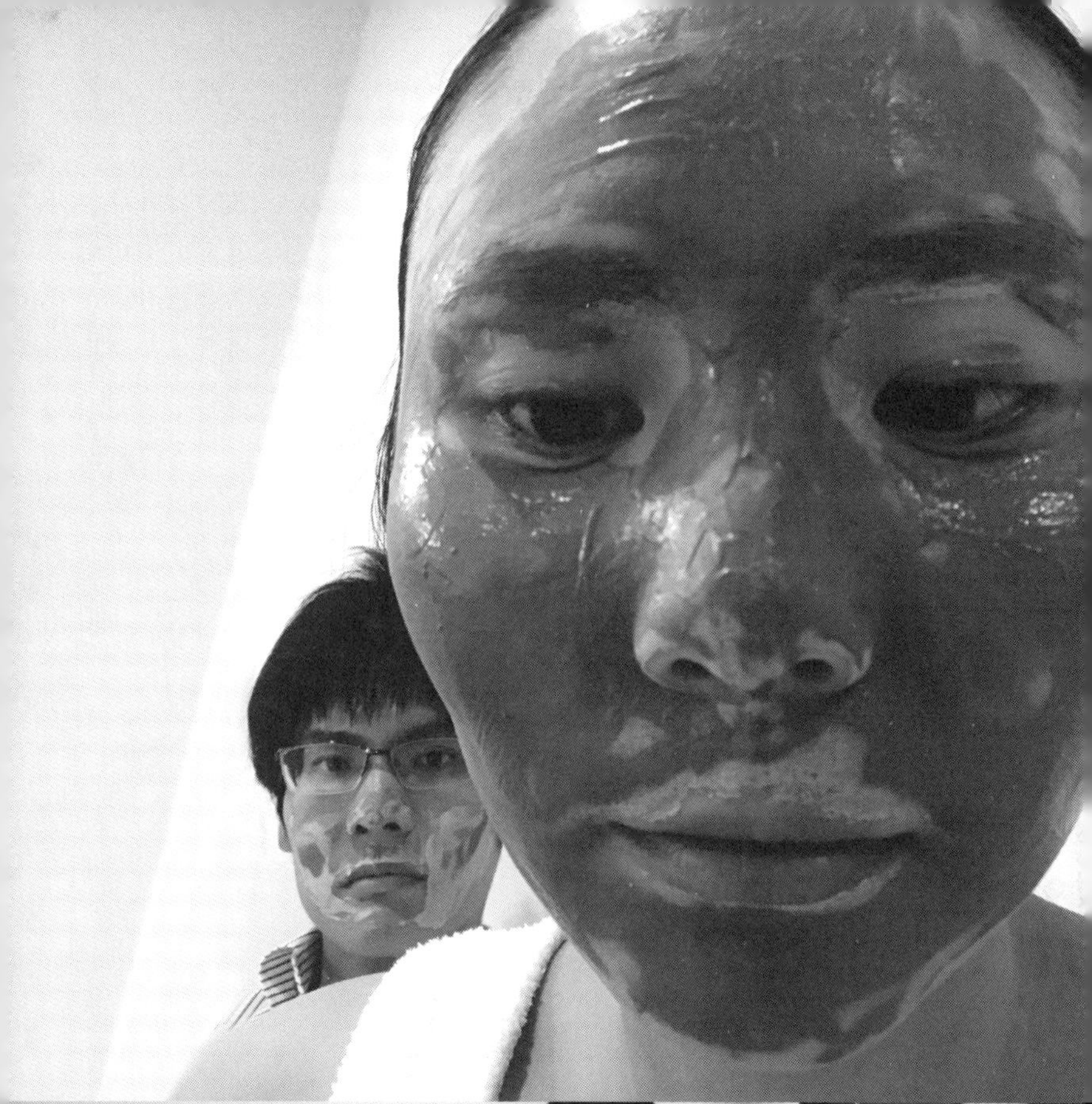

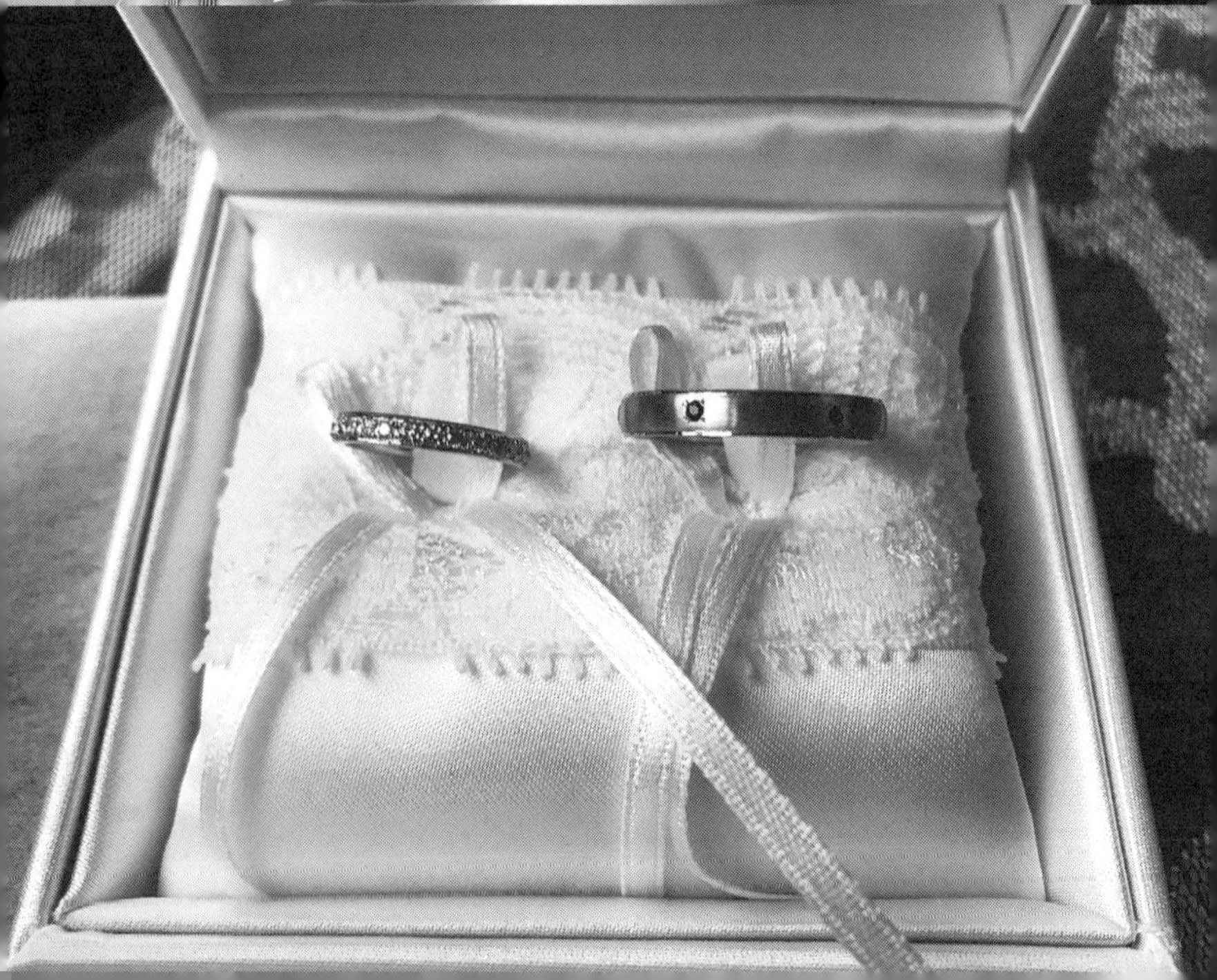

ひろ、ありがとう
愛してる。

2018年9月初日

誰からも愛され、今を懸命に生きたひろ。彼女が3月にこの世を去って以来、本当に多くのメッセージやお手紙をいただいた。

いちばん印象深いのは、通夜の日の深夜に弔問に訪れた50代の男性だ。23時頃、喪服を着た男性が葬儀場の玄関に立っている。声をかけると、焼香をしたいと、涙ながらに訴えてきた。

ひろとの関係はよくわからなかったが、彼女が横たわる棺の前まで案内すると、その男性は手を合わせ、深く長いおじぎをしていた。

焼香のあとに話を伺うと、その男性も2017年にひろと同じ肝臓がんが判明し、ステージⅢと宣告されたという。しかし、死への恐怖心から自暴自棄になり、会社を辞め、治療も拒否していた。そんなときに医師から勧められたひろの講演会に参加し、話を聞いて「こんなに若い子が頑張っているなら」と、病気に向き合う覚悟ができたのだという。そして、治療は成功し、再就職まで果たしたという話だった。

この男性は通夜のあと、あらためて僕に手紙をくれた。そこには、こう書かれていた。

「私の術後の人生は、彼女の行動から派生した力で得た時間といってもいいかもしれません。あとどれくらいの時間が残っているのかはわかりませんが、無駄にはしません。しっかり生き抜いていこうと思います」


僕はこの言葉を読んで、ひろは本当にたくさんの人たちに、その小さな体で大きなエネルギーや勇気を分け与えていたのだと知った。

厳しい状況に置かれても、つねに前向きに人生を楽しもうとするひろの生き方は、多くの人の心に響くのだと、あらためて気づいた。そこで、時代や世代を超えて、ひろの生きた証を伝えていきたいと、強く思った。


苦境に立たされている人や、前を向こうと頑張っている人が、この本を通して、ひろが残した言葉や生き方にふれ、今を生きる気力を得てくれるなら、それほど嬉しいことはない。

僕自身、この5年間、いちばん近くで彼女を見守ってきて、その強さ、明るさ、聡明さに影響を受けてきたが、がんに対しての理解もより深めることになった。

がんは今、2人に1人がかかる国民病であり、がん＝死ではなく、〝共生〟していく時代になった。

がんに罹患しても、学び、働き、子宝を授かる。ひろが描いた「人生のフルコース」を当たり前のように過ごせるように、国、自治体、企業、医療従事者が取り組むべきことは山積みである。これからの世代にひろと同じ思いをさせないように、当事者の声を受け止めながら対策に取り組んでいきたい。また、ひろが思い描いていたがんに対する貢献者を表彰する制度や、がん治療により起こる脱毛や皮膚変色といったアピアランス支援の充実、妊孕性の温存に対する啓発や支援も、実現していきたいと考えている。

そのバトンを引きつぐことで、誰かが幸せになるのはもちろん、ひろも喜んでくれると思う。

この先も、最愛の妻が教えてくれた愛を胸に、僕は、僕のやれることを全力でやっていきたい。

いつまでも、ひろが天国から見守ってくれると信じて――。

前田朋己　まえだともき

１９８０年4月30日、兵庫県生まれ。
立命館大学政策科学部卒業後、ＦＶＣ、
ＳＢＩなどの投資ファンド会社でベンチ
ャー投資やＭ＆Ａを担当。
２０１０年に兵庫県議会議員に当選（２
０１８年10月現在２期目）。
２０１３年６月に山下弘子さんと出会い、
交際をスタート。
２０１７年５月に婚姻届を提出。
２０１８年より、同県議会産業労働常任
委員会委員長を務める。

カバー写真／橋本久雄・河井 大
装幀／鈴木成一デザイン室
構成補助／中野一気・六原ちず（中野エディット）
編集／山口奈緒子

最後の「愛してる」
山下弘子、5年間の愛の軌跡
2018年10月10日 第1刷発行

著 者 前田朋己
発行者 見城 徹

発行所 株式会社 幻冬舎
〒151-0051 東京都渋谷区千駄ヶ谷4-9-7

電話:03(5411)6211(編集)
03(5411)6222(営業)
振替:00120-8-767643
印刷・製本所:中央精版印刷株式会社

検印廃止

ISBN978-4-344-03367-2 C0095
幻冬舎ホームページアドレス http://www.gentosha.co.jp/

この本に関するご意見・ご感想をメールでお寄せいただく場合は、
comment@gentosha.co.jpまで。